AMELIA JIMÉNEZ GRAÑA

DOS PÁJAROS DE UN TIRO

Autora: Amelia Jiménez Graña © 2020

Portada y cubierta: BoD – Books on Demand

1ª edición: julio, 2020.
2ª edición: febrero, 2021.
info@bod.com.es - www.bod.com.es
Impreso en Alemania - Printed in Germany

ISBN: 978-8-4132-6582-7

*A todos aquellos que leen
y cultivan el amor por la lectura.
A todos aquellos que no leen
y, aun así, se esfuerzan
por llevar el mundo de la cultura
a sus seres queridos.*

ÍNDICE

PRÓLOGO

Uno de los personajes de este libro comenta que sus relatos «están basados, como siempre, en anécdotas que, o bien le han sucedido a él, o bien a alguno de sus amigos o familiares». Y esto lo podía haber dicho Amelia Jiménez Graña, pues las historias que nos cuenta en esta recopilación de cuentos, nos podían haber pasado a ti, a mí o, ¿cómo no?, a la propia autora. Con el disimulo necesario, por supuesto, no vayamos a reconocernos en ellas. Lo principal, sin embargo, es que nos habla de sucesos que todos conocemos muy bien, de las pequeñas miserias diarias y de algunas alegrías. Sus protagonistas tienen dificultades para sobrellevar la vida que les ha tocado, pero sin esos conflictos, evidentemente, no habría historia digna de ser contada.

Así, en los veintiún relatos de «Dos pájaros de un tiro» hallamos historias tristes, maltratos, recuerdos amargos y nostalgias de esas cosas que nunca pasaron, pero también encontramos narraciones de superación y ganas de volver a empezar, mejor aún si es...

sin mirar atrás. Si nos dejamos arrastrar por su lectura, conoceremos a Jordi o a Verónica, o tendremos una cita a ciegas que quizá no salga como esperamos. Tal vez hasta nos atrevamos a ver una peli porno o queramos mantener en su encierro al dragón. Sin duda, alcanzaremos el nivel de adicto cuando, página tras página, recorramos el cuaderno rojo hasta llegar a una foto en blanco y negro que quizá nos deje un regusto amargo, pero sabremos seguir con la tradición y empezar otra vez, pues no querremos que se nos escape ningún detalle.

Un mes de julio de hace unos cuantos años, Amelia y yo nos retamos a escribir un relato cada semana, como decía Ray Bradbury. Así se empezaron a cocinar un puñado de excelentes relatos y, además, una amistad, a fuego lento, que regamos una y otra vez con buen vino. Y es que desde la receta secreta de la lasaña a la del tiramisú, pasando por las ensaladas, huevos y raciones y el excelente café con leche que nos servirá en su barra el amable dueño de un bar como los de antes, la comida y la bebida siempre tendrán su espacio en la ficción y en la realidad, porque, ¿qué mejor sitio para que se nos ocurran historias que en torno a un delicioso plato o una buena bebida?

Los recuerdos de la infancia son otro de esos lugares recurrentes donde acude la autora en busca de anécdotas. A veces tristes. La crueldad infantil, por desgracia, no tiene límites. Pero también habrá sitio para los juegos, para las historias de guerreros o para un poco de amor.

Ese amor, o más bien desamor, se desliza también por las páginas de este libro. A menudo envuelto con las notas tristes de una canción conocida, quizá de Sabina. Y la familia, a veces tan cerca y, a pesar de ello, tan ajena. En ocasiones, solo nos damos cuenta de lo bien que estábamos cuando dejamos de estarlo. De nuevo la nostalgia, esta vez, de las cosas que sí pasaron por nuestra vida.

Los relatos de Amelia se leen con facilidad. Son breves, pero nos dejan un sabor intenso que apelará a nuestros propios recuerdos, a nuestros anhelos y deseos. Disfrutad, pues, con su lectura, y con el poso de después.

Ana Marben
Julio 2020

Date la vuelta

«Date la vuelta», me decías y, sin querer, un escalofrío de placer me recorría la espalda, pues sabía lo que venía a continuación. Tus expertas manos se deslizaban por mis pechos, mi cintura, mi vientre, y yo temblaba solo de pensar en tus dedos acariciándome en lo más íntimo.

Es curioso cómo simples estímulos repetidos a lo largo del tiempo nos condicionan a realizar la misma acción. Aunque no quisiera, cada vez que pronunciabas esas palabras, mi cuerpo te respondía, me daba la vuelta y me dejaba llevar por las sensaciones.

En ocasiones te quejabas de mi escasa participación en tus juegos. Yo te decía que no podía evitar abandonarme en tus brazos, dejar que me hicieras lo que quisieras, porque a ti te gustaba más actuar que dejarte hacer. No obstante, las veces que me dejabas tomar la iniciativa, sentía casi el mismo placer que tú. Te miraba y gozaba de tus ojos entrecerrados, tu boca ardiente susurrándome cosas que jamás decíamos en público y tu cuerpo arqueándose contra el mío.

Nos gustaba hacerlo en todas partes y a todas horas. Nos metíamos en la ducha tras una larga jornada de trabajo y nos enjabonábamos mutuamente. Siempre terminábamos en la cama, jadeantes, deseando tocarnos como si no lo hubiéramos hecho todavía, rebosantes de amor y de deseo. No nos importaba perder el tiempo, olvidarnos de la cena e, incluso, de las tareas que nuestros trabajos nos imponían. Éramos tú y yo las únicas personas que importaban en el mundo, tú y yo y nuestros cuerpos expectantes ante el goce que se aproximaba.

Eran pocas las ocasiones en las que permanecíamos a la mesa en las reuniones con amigos. A menudo, las conversaciones nos aburrían. Nos mirábamos de manera cómplice y nos perdíamos en el baño o en la cocina. Sin hacer mucho ruido para no escandalizar, nos sumergíamos en un mar de deseo contenido hasta el momento, que se desataba furioso en cuestión de minutos, para volver a la calma poco después.

Siempre pensé que los demás sabían de nuestra pasión por el sexo, tan desmedida y tan inevitable, pero fingían e ignoraban ver las mejillas enrojecidas y las ropas descompuestas tras esos breves asaltos.

Añoro esas mañanas en las que nos buscábamos entre las sábanas y retomábamos las caricias de la noche anterior. Ahora te busco y no estás y dudo de que tú me busques como lo hago yo.

Cuando voy a visitarte a la residencia, nuestros ojos ya no se encuentran como solían hacerlo. Tu mirada se pierde por encima de mi hombro y si nuestras manos se juntan ya no sientes la chispa que antaño encendía el deseo.

Ahora debo presentarme para que recuerdes quién soy. Tus movimientos han perdido aquella agilidad felina que te caracterizaba y te trabas con las frases más sencillas. Cada vez me resulta más difícil aceptar que tu memoria haya olvidado la historia tejida entre las dos y que jamás volveré a sentir lo que sentía cuando acercabas tu boca a mi oído y me susurrabas: «Date la vuelta».

Verónica

La primera vez que vi a Verónica me llamaron la atención sus preciosos ojos color cielo de tormenta, enmarcados por unas arruguitas.

También me atrapó su sonrisa, de labios entrecerrados, ni exagerada ni pretendida. Una sonrisa de verdad.

Un renombrado chef, galardonado con una estrella Michelin, había abierto un nuevo restaurante. Un poco más asequible, pero excelente, y queríamos probarlo.

—¿Qué desean tomar, señores? ¿Puedo ofrecerles un aperitivo? —Su sonrisa y amabilidad nos sorprendieron.

Titubeamos, pues habíamos repasado la carta una y otra vez, calculando lo que nos podíamos gastar. Sin embargo, aceptamos un vermú de esos catalanes que no se parecen en nada al italiano que uno compra en el supermercado.

A los vermús siguieron unos bocados escasos pero exquisitos: la maestría de este chef se observaba en unos platos realizados con mimo.

Mi mujer dio un respingo y me tocó en el brazo.

—¡Es él, es él! ¡Está aquí, en el restaurante! —me dijo, señalando con la cabeza a un tipo moreno y algo bajito, trajinando de aquí para allá.

—¿Quieres que lo saludemos? —pregunté, en un alarde de confianza. ¿Por qué no íbamos a saludar a uno de los chefs más reputados del país?

—No, no, ¿qué dices? ¡Qué vergüenza!

Cuando llegó Verónica con un segundo plato para compartir, me acerqué un poco a ella y le dije:

—Nos ha parecido ver a Robert Cardona por aquí, ¿podríamos saludarlo?

Me obsequió con su maravillosa sonrisa.

—Lo siento, pero se acaba de marchar. Anda un poco estresado, con esto de poner en funcionamiento el restaurante y cuidar de su estrella en el otro.

—No pasa nada, cariño. Otra vez será —consolé a mi mujer, tomándola de la mano.

—Si volvemos…

Cuando llegó la hora de tomar postre, Verónica nos recomendó:

—El brioche es excelente. Además, es ideal para compartir. Con una copita de vino dulce verán qué bueno.

Nos concedimos otro extra.

A los diez minutos llegó con un recipiente de loza rojo y blanco. Dentro estaba el dulce más delicioso que he probado nunca. Disfrutamos como niños e incluso se nos saltaron las lágrimas al degustarlo con un vino dulce de nombre musical.

Verónica nos trajo la cuenta y, aunque nos habíamos pasado un poco del presupuesto, no nos importó. Se despidió de nosotros con un «Hasta pronto» que a mi mujer le dolió en el corazón y una amplia sonrisa, que llenó el mío.

Pasó un mes escaso y cobré los atrasos que me debían, así que decidí sorprender a mi esposa reservando mesa. Cuando se lo dije, no se lo podía creer e, incluso, me reconvino:

—¡Si nos costó un ojo de la cara!

—Tranquila, esta vez nos pedimos solo una ensalada, el brioche y una botella de agua. Pero el brioche que no falte. —Le guiñé un ojo.

Llegamos al restaurante y nos atendió Verónica. Me fijé en su pelo rizado. La otra vez lo llevaba recogido en una coleta y sujeto con ganchitos. En esta ocasión, lo había dejado suelto y le llegaba a los hombros.

—No han tardado mucho en venir a visitarnos. ¿Voy apuntando el brioche?

La miré con embeleso y asentí. Mi mujer y yo comentamos lo atenta que era y que se acordase de nosotros.

Cuando llegó la hora del dulce, nos quedamos estupefactos. No lo traía Verónica, sino el mismísimo Robert Cardona.

—¿Desean que les explique cómo se toma? Lo mejor es que corten un trozo de brioche y otro de helado y lo coman juntos. El sabor de ambos es indescriptible.

Asentimos mientras lo dejaba en la mesa y yo me atreví a decir:

—Ya lo hemos probado y hemos vuelto por él. Además, la otra vez parecía algo diferente.

—Sí, es cierto. Hemos descubierto una nueva manera de hornearlo. Sale mucho más jugoso.

—Es espectacular —exclamó mi mujer—. Además, queríamos venir solo a comer el postre —confesó.

—Yo haría lo mismo. Me comería una ensalada y el brioche. Que lo disfruten.

Mi mujer y yo vimos cómo Verónica nos miraba y nos guiñaba el ojo.

—¡Qué atenta y qué amable! Se acuerda de que la otra vez no pudimos saludar a Robert. Esta chica es un tesoro —dijo mi esposa, cogiendo su cuchara.

—Disculpa, ¿nos podrías decir cómo te llamas? —pregunté, al ver que pasaba cerca de nuestra mesa.

—Verónica. Espero que todo sea de su agrado.

—Gracias, Verónica. Ojalá hubiera gente como tú en todas partes.

Se alejó a servir otra mesa, sin dejar de sonreír.

Nos hicimos habituales. Cada mes reservábamos una noche para ir a cenar al restaurante y Verónica nos atendía con su sonrisa y sus buenos modales por delante. Algo reservada, nuestras conversaciones se limitaban a comentar las excelencias de los platos y los vinos que los acompañaban. Notábamos que trataba a todos los comensales con idéntica amabilidad. Una auténtica profesional.

≈ ≈ ≈

El sábado pasado fuimos al restaurante y nos atendió otra camarera. Le preguntamos por Verónica y nos contestó un lacónico «Está de baja». Esa cena perdió algo del encanto que tenían las demás. Nos faltaba su sonrisa.

≈ ≈ ≈

Ayer volví a verla. Yo estaba en mi despacho, haciendo papeleo, cuando le llegó el turno.

—Siéntese, por favor. —Tuve que tratarla de usted.— ¿Nombre?

—Verónica López Gutiérrez. Vengo a presentar una denuncia.

A continuación, expuso los hechos que la habían llevado hasta mí, hasta la comisaría de Policía Nacional, a denunciar al tipo que la había dejado sin sonrisa y había hecho llorar sus preciosos ojos color cielo de tormenta, ahora enmarcados por un círculo morado.

Seguir con la tradición

Norma colocó la figura del Niño Jesús en el belén y suspiró. Era una de las tradiciones que más le gustaba, inspirada por su madre: esperar a la Nochebuena para poner al Niño en su cuna, ya que hasta entonces no había nacido.

El belén, heredado de la yaya Cecilia, como la llamaban sus hijos, estaba compuesto por figuritas de barro compradas en distintos lugares de España e Italia, de donde venía su familia materna. Aparte de los que no podían faltar (la Virgen, San José, el buey, la mula...), había parejas de extremeños, andaluces, gallegos, asturianos y maños con sus trajes típicos, además de un tuno, un peregrino de Santiago, don Quijote de la Mancha con Sancho Panza y un cantante parecido a Luciano Pavarotti.

Esa noche, tras una cena copiosa, habían continuado con la segunda tradición: cantar villancicos hasta desgañitarse, al son de la guitarra, la zambomba y la pandereta. Otra herencia de su madre: una bonita voz y una pasión desmedida por la música que, gracias a Dios, también tenían sus hijos Alfredo y Violeta.

La yaya Cecilia era una experta cocinera y siempre preparaba una magnífica lasaña para Año Nuevo, que había pasado de generación en generación. Cuando era pequeña, Norma esperaba con ansiedad que llegase ese día, por diversos motivos: uno era escuchar todos juntos el Concierto de Año Nuevo desde Viena y otro, degustar aquella maravilla culinaria.

Cada año, se repetía la misma escena:

—¡Qué rica está! Mamá, deberías enseñarme a cocinarla —decía ella, mostrando el plato para que le echase un poquito más.

—Claro, hija, cuando quieras. Solo requiere un poco de tiempo por tu parte.

Norma se fue al instituto, después a la Universidad, conoció a Jorge, se casaron, tuvieron primero a Violeta y luego a Alfredo y ya no hubo tiempo para aprender a cocinar aquel plato de pasta al estilo de su madre.

En Nochevieja dejaban a sus hijos al cuidado de la yaya, junto con sus sobrinos. A los chavales les encantaba Cecilia, pues les preparaba una cena sabrosísima, los divertía con juegos y les daba regalos esa noche. Norma y Jorge se iban a cenar fuera, se acostaban tarde y se levantaban relativamente pronto para ir a buscarlos, ver juntos el concierto de Año Nuevo y después comer la lasaña de su madre.

Ya no sucedía así. Esta era la segunda Navidad sin Cecilia, que había fallecido de cáncer, tras unos meses de lenta agonía.

Norma la echaba de menos y se arrepentía de no haberle dedicado más tiempo pero, sobre todo, de haber perdido la receta de la lasaña familiar.

El año anterior había hecho una prueba. «Total, cocer las placas de pasta y hacer el relleno no debe de ser muy difícil», se había dicho. Cecilia echaba unas especias aquí y otras allá y Norma se había aventurado con la pimienta, el curry y el jengibre, que eran las que recordaba.

Las orejas rojas de Jorge y las grandes cantidades de agua que bebieron durante la comida le hicieron ver que no podría emular la receta de su madre con éxito.

El día de Navidad, reunidos en torno a la mesa, su hermano le preguntó:

—¿Vas a hacer lasaña como el año pasado? —le guiñó el ojo—. Échale un poco menos de picante, por favor.

—No creo. La receta de mamá es inimitable. Nunca aprendí a hacerla y se ha perdido para siempre.

—Nunca y siempre son dos palabras que no existen —dijo su marido—. No deberías decirlas. ¿Quién sabe? A lo mejor un día das con el truquillo. Todo es proponérselo.

—Es difícil. Me he pasado todo el año haciendo pruebas, ya lo sabes, y creo que nunca… —Paró y tomó aire para rectificar—. No podré encontrar el sabor de la lasaña de mi madre.

El treinta de diciembre, Norma se dispuso a colocar a los Reyes Magos en el belén. Otra tradición que atesoraba: ir acercando a los tres sabios de Oriente al pesebre, a medida que se aproximaba el día en que se postrarían ante el Niño Jesús para adorarlo. Violeta se puso a su lado:

—Mamá, ¿dónde tenemos el martillo?

—¿Para qué lo quieres? —preguntó asustada.

—¿Te acuerdas de que la yaya Cecilia nos regaló una hucha de cerdito hace un par de años? He ido ahorrando dinero y quiero ir a comprar un regalo. —Miró a su alrededor y continuó, entre susurros—: Para Alfredo. Aún cree que los Reyes son… bueno, ya sabes.

—Sí, sí, pero no te preocupes. Ya está todo arreglado —aclaró Norma.

—Es que sé que le hace ilusión una cosa y que vosotros no habéis podido… bueno, eso —insistió la niña.

—De acuerdo. Voy a buscar el martillo y tú coge papel de periódico. No vamos a dejar la casa llena de barro.

A los pocos minutos, Violeta había destrozado el cerdito con dos golpes. En su interior no solo había monedas de distintos valores y algunos billetes, sino también un papel doblado. La niña lo leyó.

-¡Mira, mamá! ¡Es de la yaya! —Le acercó la nota, cubierta de polvo.

Cuando vio su contenido, Norma se quedó sin palabras.

«Receta de la lasaña de la yaya Cecilia, para seguir con la tradición».

Dos pájaros de un tiro

Blanca empezó a recoger sus cosas, sollozando. Sacó la ropa que tenía en el armario de su ahora exnovio, la fue doblando y metiendo en la maleta. Él la contemplaba, impasible, sentado en la cama.

La joven meneaba la cabeza y se secaba las lágrimas con un pañuelo cada vez más sucio. No podía entender lo que había pasado. Eran felices hasta hacía dos días, se entendían como nadie, hasta que tuvo que morir el gato. El puto gato. El puto gato de los cojones.

Llevaban ocho meses juntos. Le había costado algo cambiar su rutina: antes vivía y trabajaba en el centro de la ciudad, ahora tenía que coger el metro para llegar a tiempo a la oficina; antes cocinaba para una persona y ahora debía hacerlo para ella, su novio y la hija de este. Poco a poco, había ido dando por consolidada una relación con un tío fantástico, cuyo único *defecto* era tener un gato. Y Blanca era alérgica a los gatos.

Momo campaba a sus anchas por el dúplex. Era dueño y señor del sofá, de la cocina y del balcón. La hija de Jaime, Elena, decía que lo adoraba, aunque eso solo era los días que le tocaba vivir con su padre. El resto, ni caso. Ni cuando el gato se cayó por el balcón y se rompió las patas traseras, la niña había preguntado cómo estaba o se había hecho cargo de él.

Cada vez que llegaba a casa, Blanca sentía picor en los ojos, comenzaba a moquear y no podía parar de estornudar. De manera disimulada, le había sugerido a Jaime deshacerse del gato.

—¡No! ¡Ni hablar! Me hace compañía y Elena lo adora. El gato no se va.

—Pues cada vez que llego me lloran los ojos y no puedo ni respirar —argumentaba Blanca—. Algo tendremos que hacer. Regálalo o véndelo.

No hubo éxito. Ella pasaba más tiempo en casa que la niña y el gato seguía allí, mirándola desafiante desde su manta en el sofá. Y Elena llegaba, acariciaba al gato, le daba de comer en la mesa (cosa que a Blanca le daba asco) y después se iba con su madre, sin importarle qué pasaba con el animal.

Ni siquiera Jaime se hacía cargo de Momo. Luisa, la limpiadora, llegaba todos los días y, además de poner lavadoras y lavavajillas, llenaba de agua y comida los platitos de la mascota.

Esa misma tarde, al llegar de trabajar, Jaime había encontrado al animal muerto, al lado de su caja de arena, en medio de un charco de pis.

En cuanto Blanca traspasó el umbral, habían comenzado las acusaciones.

—Vendré a recoger el resto mañana —balbuceó la joven, tras cerrar la maleta.

Miró a Jaime, que parecía ausente, ajeno a sus lágrimas.

—Jaime, yo no le he hecho nada al gato, te lo juro —trató de explicarse, una vez más—. Habrá tragado algo por error y por eso ahora está…

—¡Muerto! ¡Está muerto! —exclamó—. Odiabas a ese gato y lo has envenenado. Llevaba dos días que se hacía pis encima, andaba mareado y vomitó varias veces.

—¿Por qué crees que he sido yo? —preguntó, intentando que entrara en razón—. Han podido ocurrir muchas cosas, yo…

—Elena dice que te vio echarle algo en la comida, no lo niegues.

—¿Qué estás diciendo? ¡Le puse de comer! Como no se comía lo que había en el cuenco, le cambié la comida. ¿Crees en una estúpida niña malcriada? —escupió Blanca, harta de la discusión.

Se dio cuenta de que había perdido la batalla, ante la mirada de indignación de Jaime. Se marchó en silencio, sin despedirse.

≈ ≈ ≈

Al día siguiente, Luisa llegó y sacó la aspiradora, para hacer todo el ruido que pudiera. Era sábado y estaba segura de que la novia de Jaime estaría durmiendo, ya que no trabajaba. Odiaba a aquella chica. Era una pija estúpida, Jaime se merecía algo mejor.

Vació el cesto de la ropa sucia y encontró aquello que le daba más tirria de todo: la lencería sexy de la joven. Detestaba coger uno a uno los tangas de hilo dental, los sujetadores de encaje y los ligueros y meterlos en la lavadora. Además, Blanca no hacía más que entrometerse en sus labores: que si no pongas tanto suavizante, que si lávame esto o aquello, que si no has limpiado las ventanas… Una vez, por pesada, le había encogido un carísimo jersey de moaré rosa, a pesar de las explicaciones de Blanca sobre el correcto lavado de la prenda.

Entre aquella chica y el maldito gato iban a acabar con su paciencia. Odiaba dar de comer a aquel ser peludo que no hacía más que ensuciarle el suelo con sus patitas, justo cuando acababa de fregar.

Al llegar a la habitación, vio una nota de Jaime: «No le pongas comida a Momo. Murió ayer.

Lava la ropa de Blanca, pero no la metas en los cajones. Ya no estamos juntos».

Luisa sonrió. Por fin las cosas estaban saliendo bien. Llevó el cesto de la ropa sucia hasta la lavadora y la puso en marcha. Tenía que pedirle a Jaime que comprara más suavizante. No había sido fácil engañar a Momo para que comiera aquel pienso que le sabía tan raro, con pequeñas dosis de suavizante, pero lo había logrado. Así había matado dos pájaros de un tiro.

Empezar otra vez

Hoy está más guapa que nunca. La veo sonreír mientras atiende a unos clientes habituales y me derrito. No puedo evitar fijarme en las arruguitas que enmarcan sus ojos color cielo de tormenta.

De vez en cuando me hago el encontradizo y le pregunto cosas sobre la carta, los vinos o lo que se me ocurra. Responde amable, me sonríe y continúa con su trabajo.

No sé cómo decirle lo que siento. Me parece fuera de lugar. Una de las camareras, Rosa, con la que comparte confidencias, me dejó caer que había tenido serios problemas con su novio.

Hace unos meses, Verónica apareció con unos cuantos cardenales en el cuello y nos contó una historia de un golpe contra una puerta. No me quise preocupar, aunque al ver su ojo morado me asusté en serio.

Ese día Robert Cardona tuvo una conversación con ella y se marchó antes de empezar a servir comidas. Temí que la hubiera despedido.

Llegó al día siguiente, un poco más calmada. Me daba apuro preguntarle, sobre todo después de oír a Rosa despotricar contra los maltratadores, «verdaderos salvajes que se creen dueños y señores de sus mujeres y, por lo tanto, con derecho para hacer lo que se les antoje».

Soy incapaz de hacer daño a nadie y menos a Verónica. Cuando la miro, tengo la sensación de que podría hacerla feliz. Quiero cuidarla, protegerla. Sería bonito, al terminar el turno de noche, irnos los dos a casa, cogidos de la mano, paseando por las calles desiertas de esta ciudad; dormir abrazados hasta que suene el despertador y darnos los buenos días. Y, sobre todo, ver su sonrisa a todas horas, esa sonrisa cálida que perdió hace un tiempo y que no ha recuperado del todo.

¿Cómo expresar mis sentimientos? No creo que ahora quiera iniciar una relación y menos con un compañero de trabajo. Esperaré y, quizás, algún día, reúna el coraje suficiente para decirle lo que siento.

≈ ≈ ≈

Ya están aquí mis *habituales*. Los conocí hace tiempo, cuando probaron el brioche de Robert y quedaron encantados. Volvieron más veces y, siempre amables, preguntaban por mí.

El día que lo vi a él en la comisaría de policía me dio mucha vergüenza que me atendiera. Escuchó mi relato y me dio un abrazo tras rellenar la denuncia.

Los trece de cada mes vienen a cenar, a celebrar que están juntos. Siempre que puedo hablo con ellos, comentamos los platos y me preguntan qué tal estoy.

Después de deshacerme de la relación tóxica con mi ex, me está costando recuperarme. Sé que debo empezar de nuevo, aunque tardaré un poco todavía.

Rosa me dice que le gusto a Álex. Piensa que está preocupado por mí: le ha preguntado en varias ocasiones cómo me encontraba, y eso que no sabe con exactitud lo que me ha pasado. Dice que el día que fui a presentar la denuncia se equivocó al servir varios platos y tiró una copa de vino en el vestido de una clienta. Menos mal que Robert es un buen jefe, muy comprensivo. Si estuviera trabajando en otro sitio, con seguridad ya estaría despedido.

Álex me cae bien, tengo la sensación de que podría hacerle feliz. Sería bonito dormir abrazados, despertar juntos y darnos los buenos días; venir al trabajo cogidos de la mano, paseando por las animadas calles de esta ciudad. Y, sobre todo, ver su cara risueña y reír con sus ocurrencias.

No quiero ser una carga para él. Todavía tengo que curar algunas heridas del corazón y no desearía que se sintiera como un paño de lágrimas.

Necesito tiempo para volver a confiar en los hombres y, si él sigue ahí, quizás, algún día, podamos iniciar algo juntos.

≈ ≈ ≈

Los clientes del trece están contentos. Charlan animadamente con Verónica y le han contado alguna noticia, pues ha abierto mucho los ojos, se ha puesto a reír y les ha dado un abrazo.

Pasa por mi lado y no puedo reprimir la curiosidad:

—Verónica, ¿qué les pasa a esos clientes? Hoy parecen más felices que de costumbre.

—Ay, Álex, una noticia maravillosa: van a ser papás. ¿No es genial? —me dice, tocándome el brazo—. Voy a por su postre.

—Genial —repito, de manera mecánica. Yo también quiero un poco de esa felicidad.

Pasa el rato y la pareja termina su brioche y pide la cuenta. Se la llevo yo y la mujer saca un bolígrafo.

—Te llamas Álex, ¿verdad? —me pregunta.

—Sí, creo que ya les he atendido alguna vez. ¿Está todo a su gusto?

—Sí, sí, no te preocupes. ¿Podrías avisar a Verónica, por favor? Se nos ha olvidado decirle algo.

Asiento y la llamo con un gesto. Cuando llega, le señalan de manera insistente el tique. Vero lee lo que pone. De pronto, alza los ojos y dirige su mirada hacia mí. Me giro, nervioso, y sigo colocando los cubiertos en las mesas.

—Álex… —oigo su voz suave y cristalina y me doy la vuelta—. Cuando terminemos… ¿te apetecería que nos tomásemos algo juntos?

Ensaladas, huevos y raciones

Llegué a la ciudad en el cercanías, algo nerviosa por empezar con mi nuevo trabajo. Para no ir con prisas, había llegado en un tren que me permitía tomarme un café con tranquilidad y llegar con desahogo.

Salí de la estación y atravesé un par de calles llenas de bares malolientes en cuyos carteles se leían los menús y las ofertas del día. Fui mirando de uno en uno y me paré justo frente a uno que no tenía mala pinta. En la pizarra, escrito con letra pulcra, decía: «Ensaladas, huevos y raciones. Café con leche más cruasán 2,5 euros».

El olor que despedía aquel lugar era agradable. A café recién hecho, no a achicoria requemada como los otros. Me senté en una mesa alta y dejé mis bártulos apoyados contra la pared.

—Buenos días, *bonica*. ¿Qué se te ofrece?

—Pues… No sé. ¿Qué tal el café con leche y el cruasán? —Aunque sabía que no debía, no pude resistirme.

—¡Marchando! No te arrepentirás, *bonica*. Tenemos los mejores cruasanes de la ciudad.

Observé cómo se iba. Tendría unos cincuenta años y andaba con paso ligero. Con apenas canas, llevaba un delantal que fue blanco y ahora un poco amarillento.

Volvió al poco rato con el mejor café que he tomado nunca. Suave, humeante, con sabor a café de verdad, que me hizo salivar cual perro de Pavlov. Con la espuma de la leche había dibujado un corazón. Me guiñó el ojo al servírmelo.

—Estoy seguro de que vas a volver.

Por supuesto que lo hice.

Todas las mañanas cogía el tren con suficiente antelación para dejarme caer por allí. Solía regalarme con un café con leche, en el que cada vez dibujaba un diseño diferente con la espuma, y uno de aquellos cruasanes que tenían la mantequilla justa y se deshacían en la boca. Anselmo, el dueño, me reservaba un sitio junto a la ventana. Desde allí contemplaba el trajín de aquel hombre con los pocos clientes que acudían por un desayuno económico como el mío.

—¿Qué tal, Anselmo? ¿Cómo van las cosas? —le pregunté un día.

—Vienen y van, como los suspiros, *bonica*. La verdad es que hay muchos bares en esta zona y cuesta mucho ir tirando. Además, cuando me haga viejo, no sé qué haré, porque a mi hijo no le gusta nada el bar.

—¿No tienes los mejores cruasanes de la ciudad? —pregunté, mordisqueando el mío, que sabía a gloria.

—Y las mejores ensaladas y los mejores huevos... Y las mejores raciones. Un día tienes que venir a la hora de comer para probarlas.

—Todo se andará. No sé cuánto duraré en este trabajo, estoy sustituyendo a una chica y al mediodía siempre como en el bar de al lado de la oficina. Seguro que vengo.

Pasaron dos meses en los que me convertí en cliente asidua. El olor a café café, los cruasanes de mantequilla y las pequeñas charlas con Anselmo hacían que sobrellevase mejor mis madrugones. Unas veces me hablaba de política, otras de la vida en la ciudad en los años setenta, otras de su difunta esposa, Isabel, una auténtica reina, «como la Católica», bromeaba.

Hasta que, una mañana, tuve que decirle adiós.

—Anselmo, me queda una semana de trabajo. La chica a la que sustituía vuelve a incorporarse. —Me dio la impresión de que se me iban a caer las lágrimas (y a él también).

—Vaya, *bonica*, es una lástima. Me había acostumbrado a verte todas las mañanas... —suspiró, detrás de la barra, dándole brillo a las tazas—. Pero tienes que venir a probar las ensaladas y los huevos rotos con jamón. Son los mejores de la ciudad.

—No te preocupes, que vendré. Voy cubriendo bajas, así que, ¿quién sabe? A lo mejor me toca volver a la ciudad y no me pienso perder tu comida.

—Prometido, ¿eh?

El día de la despedida fue un poco como si le dijera adiós a mi padre o a mi tío.

—Toma, *bonica*, un llavero de los que hicimos cuando el aniversario. 25 años que llevábamos abiertos. —Me entregó el objeto como si de una reliquia se tratara. Era un llavero en el que aparecía el nombre del bar, Casa Anselmo, junto con un dibujo lacado de una sartén con dos huevos y un trozo de jamón.

—Ah, muchas gracias, Anselmo. ¿Esto es para recordarme que tengo que probar los huevos con jamón? —Me reí, aceptándolo de buen grado.

—Claro que sí. Te espero. —Me dio un abrazo como si fuera de la familia.

≈ ≈ ≈

Tengo que confesar que tardé bastante en volver. Tras cubrir aquella baja, estuve tres meses en el paro, yendo de aquí para allá presentando currículos, pero no se me ocurrió coger el tren para acercarme a la capital.

Hasta que me llamaron de otra oficina para cubrir una baja. El lugar estaba cerca de la estación, así que, el día que empezaba, bajé del tren con la ilusión de volver a ver a Anselmo. Recorrí las dos calles que me separaban del bar y lo vi. Allí estaba, con el mismo letrero, Casa Anselmo, y la misma pizarra.

Algo había cambiado.

El trazo de la tiza en la pizarra no era el mismo. La letra se veía algo desfigurada. Pensé que Anselmo habría tenido prisa esa mañana por escribir y por eso habría olvidado comas y tildes. Decía: «Ensaladas huevos raciones. Cafe con leche cruasan 2,5 €».

Entré con la esperanza de darle una alegría a Anselmo y, en su lugar, me encontré con una pareja de chinos que me preguntaron qué *quelía*.

—Esto… Bueno… —dudé—. Pues un café con leche y cruasán.

—¡*Malchando!* —Los dos se pusieron manos a la obra, uno a hacer el café y otro a servir la pieza de bollería.

Cuando la china me sirvió ambas cosas, me atreví a preguntar:

—Oiga, ¿y el señor Anselmo?

—*Señol Anselmo molil. Hijo vendel bal a nosotlos.*

Me quedé desconsolada. Acabé el cruasán, que sabía más a mantequilla que a gloria, y el café, que no estaba malo del todo, pero no era el mismo.

Ese día, aunque era el primero de trabajo, no presté atención a nadie. Mis pensamientos se quedaron en Anselmo y mi promesa no cumplida. Ya nunca iba a poder probar sus ensaladas, huevos y raciones.

Prejuicios

Hay poca gente en la cola de la caja: una señora a la que ya están cobrando, un negro (siempre me he negado a llamarlos *hombres de color*) con unos refrescos y una docena de huevos y un par de adolescentes con todo tipo de guarrerías. Deposito mi compra en la cinta y espero a que la cajera realice su trabajo. Teclea a una velocidad de tortuga, con sus uñas de longitud kilométrica, decoradas con florecitas.

Escuchamos unos gritos y nos giramos, sorprendidos. De la zona de perfumería viene un hombre alto y rubio, trajeado y con corbata, que lleva un niño lloroso en brazos. Detrás de él, una señora desgreñada, mal vestida, con pinta de no haberse lavado en días, levanta los puños y chilla:

—¡Devuélvamelo! ¡Me ha quitado a mi nene!

El hombre no le dirige la palabra. La cajera nos dice que esperemos y cierra la caja. Ni que quisiésemos robar la exigua recaudación de este miserable supermercado. A este paso no llego al partido de fútbol. El guardia de seguridad, que siempre está apostado en la puerta, hoy ha desaparecido.

—A ver, por favor, ¿quiere dejar de gritar? ¿Qué pasa? —les pregunta a los dos, cerrándoles el paso como puede.

—¡Me lo ha robado! ¡Devuélvamelo! —exige de nuevo, alargando los brazos hacia el hombre.

—Usted está loca —contesta, sin perder la compostura, apartándose de ella—. Disculpe, pero este es mi hijo.

Los adolescentes deciden largarse y dejan la compra encima de la cinta, que se pone en marcha y amontona los productos. Yo me quedo allí plantado, esperando a que se solucione el asunto.

La cajera retuerce los rizos morenos de la coleta con nerviosismo y le coge la criatura al hombre.

—Señora, ¿este chiquillo es suyo? —pregunta, con evidentes muestras de incredulidad.

—*Pos* claro, es mi churumbel. El quinto ya, mío y de nadie más. Ese hombre me lo ha *quitao* —grita, con desesperación.

—No sabe lo que dice. Es mi hijo —enfatiza el posesivo—. Hemos estado en el parque de arena y hemos venido a comprar. Mi mujer está esperándonos en casa —contradice, muy tranquilo.

Miro al crío, que no para de llorar, ahora en brazos de la cajera. Ojalá alguien haga que se calle de una vez y le limpie los mocos, que le cuelgan hasta la camiseta. Es azul claro, un poco sucia y descolorida. Lleva un pantalón corto de color rojo y va descalzo.

—Miren, yo no quiero problemas. Estoy sola en caja y no puedo desatender a los clientes. —Cuando dice clientes, nos mira al negro y a mí, como esperando que digamos algo—. Voy a llamar a la policía.

A la mujer mugrienta se le descompone la cara y niega con la cabeza. En ese momento entra el guardia de seguridad, un tipo musculoso, con el pelo cortado a cepillo y semblante serio. La mujer lo ve y exclama:

—¡No hace falta! Ya dejo lo que llevo… —Comienza a sacarse productos de debajo de la falda—. Pero es mío, mi Jonathan. Además… ¡Ese hombre me conoce! —me señala a mí.

—¿Conoce a esta señora de algo? —El guardia me mira de arriba abajo y cruza los brazos—. Es importante para la investigación.

—Yo no sé quién es esta señora —contesto, asustado. No quiero problemas con gente de esa calaña.

—*Usté, usté,* es mi vecino. Yo vivo en el tercero y *usté* en el quinto —continúa, señalándome con sus dedos sucios.

Vuelvo a negar con la cabeza y protejo mi compra.

—No sé de qué me habla. No somos vecinos. No la conozco.

La cajera y el guardia de seguridad no saben qué hacer. Nos miran, de manera alternativa, a cada uno de nosotros: a la mujer morena (no sé si por el sol o por no lavarse); al crío rubio, lloroso y mocoso; al hombre alto y trajeado; a mí, que he puesto cara de *no-me-metáis-en-vuestros-asuntos*; y al negro, que ha dejado su compra y atraviesa la puerta acristalada.

—A ver, vamos a hacer una cosa —comienza a decir la cajera, con los brazos en jarras—. Llamamos a la policía y ponen una denuncia. Seguro que, mientras, llaman a los Servicios Sociales o algo así y ellos se encargarán del nene hasta que se aclare el asunto.

—Me parece bien. Se demostrará en seguida que yo digo la verdad. Mi hijo no pasará ni un minuto en Servicios Sociales —dice el hombre, acariciando la cabeza del chavalín, más sucia todavía que su camiseta.

—No, no, es mío y yo me lo llevo *pa* mi casa, con la Sara y la Jessi, el Jose y el Kevin —grita la señora, con los ojos húmedos.

—¡Ajá! Ya lo tengo claro —exclama el guardia de seguridad, seguro de sí mismo—. Esto es como el juicio ese de la Biblia… Seguro que este señor es el padre, porque no le importa que llamemos a la policía ni a Asuntos Sociales. Así que el niño para él.

Lo dice, orgulloso de la idea que ha tenido. Y eso que no sabe ni que se está refiriendo al juicio de Salomón. Yo asiento:

—Está claro. Es de este hombre. Además, el parecido es indiscutible. Los dos son rubios.

La mujer despeinada nos mira con terror.

—¡Mi Jonathan!

El hombre se va del supermercado con el chiquillo en brazos, sin haber comprado nada. La presunta madre se queda allí plantada y comienza a llorar. La cajera me cobra y me voy a casa con la parienta, que me está esperando para ver el partido de fútbol.

—¿Dónde te has metido? —me increpa—. Mira que para ir a comprar unas cervezas y unas papas te has tirado un montón de tiempo en el súper.

No digo nada, solo farfullo un par de excusas como que la cajera es una lenta con esas uñas de porcelana que lleva.

En el descanso, mi mujer se va a bajar la basura. Cuando vuelve, me dice:

—¿Sabes lo que ha pasado en el súper? Que a la Paqui, la del tercero, un hombre todo elegante le ha robado el niño pequeño. ¡Y nadie lo ha impedido! Hay que ver cómo está el país.

La miro y le digo que me deje continuar con el partido. Seguro que Jonathan va a estar mejor ahora, con un señor limpio y decente, y no con la Paqui, que ni se lava ni se peina. Además, así, un niño ruidoso menos en el edificio.

Tiramisú

Las yemas de los dedos te huelen a café. A pesar de lavártelas varias veces con jabón, mantienen su aroma durante varias horas, por lo menos.

Te pasa cuando haces tiramisú. Es un postre sencillo, de mucho éxito entre tus allegados.

Bates las yemas de los huevos con el azúcar, hasta quedar blanquecinas; añades el queso mascarpone a la mezcla y, poco a poco, las claras montadas a punto de nieve.

Procedes a mojar los bizcochos en el café, al que le has añadido tu ingrediente secreto, y vas montando las capas. Bizcochos, crema, cacao en polvo. Bizcochos, crema, cacao en polvo. Solo dos pisos, como te enseñó tu amigo Giorgio, el italiano. A los italianos hay que hacerles caso en materia de comida y moda.

Por eso te huelen los dedos a café. Ignoras qué pasa, que no sabes cómo calcular la cantidad y siempre necesitas hacer otra cafetera para terminar de mojar los últimos bizcochos.

Y entonces te quemas un poco los dedos, porque no quieres estropear la mezcla (lleva huevo crudo) y pillar todos una salmonelosis.

Ojalá él se hubiera comido el tiramisú que le preparaste y le hubiera dado dolor de tripa y cagaleras, piensas.

Se lo llevaste al trabajo y te miró con unos ojos que no supiste descifrar. Murmuró un gracias y te dijo que, ese día, no llegaría a casa hasta tarde, pues debía pasar por el otro despacho. Pero allí tenía nevera para guardarlo.

Al día siguiente le preguntaste si lo había probado. «Se me ha olvidado. Pero hoy me lo llevo a casa», te dijo, convincente.

Y, así, hasta tres días. Incluso le sugeriste, tonta de ti, que se lo comiera su compañera de despacho, para no estropearse. Y te miró otra vez de esa manera tan enigmática.

Ignoras si llegaron a comérselo los dos, tras retozar sobre la mesa del despacho o si, simplemente, él tiró el táper a la basura incluso antes de llegar.

Solo sabes que te acuerdas de él cada vez que haces tiramisú y te huelen los dedos a café.

La tienda de juguetes

Era una de esas tiendas que venden juguetes de otra época, de otro estilo. En su escaparate podían verse muñecas de porcelana, tiovivos de hojalata, trenes de madera y soldaditos de plomo. Al traspasar la puerta de cristal, el sonido de la campanilla anunciaba con alegría al visitante, que raras veces se convertía en comprador. Se llevaban los juguetes modernos, con pilas y luces de colores, no esas antigüedades que solo unos pocos sabían apreciar.

Una niña morena, de pelo largo y rizado, sentada en el suelo, jugaba con una casa de muñecas. Colocaba las distintas piezas en las habitaciones, redecorándolas, mientras canturreaba para sí.

El dueño, el anciano señor Nibes, pegaba con cola las piezas del vagón de un tren, detrás del mostrador, aupado en un taburete. La campanilla sonó, tintineando. Se levantó para ver quién entraba.

—Buenas tardes —saludó una pareja. El hombre, alto y moreno, iba vestido con traje de chaqueta, un poco demasiado ajustado; la mujer, con el pelo teñido de rubio, llevaba un abrigo de piel poco apropiado para la estación del año, pues el calor ya empezaba a inundar las calles del barrio.

—Buenas tardes —contestó el señor Nibes, depositando el vagón de tren en el mostrador—. ¿Qué se les ofrece?

La rubia miró alrededor y exhaló un suspiro de entusiasmo:

—¡Ay! ¡Me gusta todo! Queremos juguetes, muchos juguetes, para nuestra casa y nuestro niño. Tenemos mucho dinero y queremos gastarlo, en lo que sea.

—Eso es —afirmó el hombre, aproximándose a un balancín de madera en forma de caballito. Lo tocó y golpeó varias veces, como para probar la dureza del material—. Nuestro Kevin se merece lo mejor.

—Bueno... Estos juguetes no son los típicos, verán... —comenzó a explicar el dueño—... quizás no sean del agrado de su hijo. Un par de calles más abajo hay una juguetería más moderna. Seguro que allí encuentran robots, Lego y lo que quieran.

Aunque le costase vender, sabía quiénes eran clientes de confianza, que no estropearían las maravillas que allí atesoraba.

—¡Para nada! Nosotros queremos juguetes de los antiguos —exclamó el hombre—. Yo nunca tuve de estos, en mi casa no había dinero para estas cosas. Quiero que mi hijo juegue con auténticos objetos exclusivos. Cualquiera puede pagar un robot o un peluche con pilas. De esos hay miles... pero juguetes como estos... —Los ojos le brillaban de la emoción.

—¡Exacto! ¿Qué nos recomienda? —preguntó ella, echando un vistazo por toda la tienda. Recorrió con los dedos, cubiertos de anillos dorados, las caras pintadas de las muñecas de porcelana, bajo la mirada impaciente del señor Nibes. Reparó en la niña que jugaba en el suelo—: Y tú ¿quién eres, bonita? ¿Eres la nieta de este señor?

La pequeña dejó los muebles de la casa, se levantó y se alisó el vestido.

—No, soy Balbina. Vivo ahí enfrente —contestó, señalando un edificio a través de la puerta.

—Ah... ¡Qué nombre más antiguo! ¿Cómo se les ocurrió a tus padres? —se mofó—: ¿Y este señor tan amable —recalcó las palabras con ironía— te deja jugar con estas cosas? Serán muy caras, ¿no? Las puede romper.

Manoseó las distintas piezas de mobiliario de la casa, el tejado y la chimenea, las muñecas que la niña había recostado en las camitas...

—Disculpe, viene a jugar solo con la casa de muñecas. Perteneció a su familia, a su bisabuela

Balbina, para ser exactos —explicó el señor Nibes, acariciando el pelo de la niña—. La vendió su abuelo hace muchos años y aquí está, esperando a que alguien se la lleve.

—Y, ¿por qué no te la compras, guapa? — preguntó con desdén la mujer.

—Estoy ahorrando, señora. Me falta poco para conseguir el dinero —contestó la niña, muy orgullosa de sí misma.

—Señores, ¿qué deseaban? ¿Qué juguetes quieren? —interrumpió el dueño, impaciente—. Puedo mostrarles algunos que serán de su interés.

—Sí, enséñenos… Podemos gastar lo que sea, acabamos de ganar la lotería —pidió el hombre, que había estado palpando trenes y cochecitos, como en una ensoñación.

Balbina le hizo un gesto de adiós al señor Nibes y se fue, dejándolo solo con la pareja. La puerta de la tienda tintineó detrás de ella.

El dueño comenzó a enseñarles los juguetes y fue apuntando en su libreta aquellos que le iban indicando, no sin antes tocarlos con sus manos sudadas: el balancín de madera en forma de caballito, una colección de soldaditos de plomo, media docena de muñecas de porcelana, dos aviones de hojalata, un tablero de parchís, un juego de ajedrez de madera con las piezas de marfil, una antología de cuentos del siglo XIX con filigranas de oro en los lomos… La mujer decía a todo que sí casi sin mirar, mientras su marido comentaba lo bien conservados que estaban para tener tantos años o recordaba que eran juguetes de su época.

El señor Nibes había tomado nota de todo, cuando la mujer se paró frente a la casa de muñecas. La señaló y dijo:

—Apúntela también.

El anciano la miró, apesadumbrado:

—¿No podría hacer una excepción con esto? Balbina casi ha conseguido el dinero. Lleva mucho tiempo ahorrando y es de su familia. —Sentía lástima por la niña, que le hacía compañía casi a diario.

—Si quiere dejar de hacer negocio con nosotros, de acuerdo —espetó la mujer, sonriendo y enseñando los pocos dientes que le quedaban—. Olvide lo que ha apuntado. Nos iremos a otro sitio. No es la única juguetería antigua de la ciudad.

—Cariño, Kevin no necesita una casa de muñecas. No creo que juegue con ella —intentó convencerla su marido, posando una mano en su hombro.

—¡Le he dicho que la apunte! ¡Y no se hable más! —exclamó ella, apartándose de su marido.

El señor Nibes miró su libreta. La cuenta era muy abultada. Nunca tendría una oportunidad igual.

«Espero que la pequeña Balbina lo entienda», suspiró y anotó la casa de muñecas.

—¡Quiero que nos lo envuelva todo y nos lo mande a casa! —exclamó la mujer, excitada ante la compra—. Vámonos, cielo.

Se acercó a la puerta y la campanilla sonó cuando la abrió. Su marido dudó un instante antes de cruzarla. El señor Nibes parecía haberse perdido en la contemplación del suelo de madera de la tienda.

—Oiga, olvide la casa de muñecas. Ya se lo explicaré a mi mujer —dijo, guiñándole un ojo.

Sin mirar atrás

Enciende la radio, nerviosa. Piensa que es estúpido temer, él no se habrá dado cuenta aún de que se ha marchado. En esos momentos querría encender un cigarrillo, pero no debe. Se frota la barriga de manera intuitiva. El bebé que espera nacerá libre, en un ambiente sano y tranquilo.

Suena una canción: *Noches de boda*, de Sabina. Su mente vuela al día de la suya. Recuerda una ceremonia perfecta en la iglesia donde se había bautizado y confirmado; unas lecturas y oraciones preparadas por sus amigas, precisamente con esa canción como tema. Él, a su lado, atractivo con su traje y su corbata fucsia a juego con las flores. Al verlo en el altar, contemplándola, se había sentido más enamorada que nunca. *Que todas las noches sean noches de boda...* Esa misma noche, había tachado de hortera la ceremonia, al cura de pesado insoportable y a sus amigas de beatas que necesitaban un buen polvo y menos misas. No le dio mucha importancia. Meses atrás, ya había refunfuñado al tener que casarse por la Iglesia. Era un día especial y había bebido demasiado, brindando con sus amigos por la felicidad venidera.

Mira cómo el horizonte se va tiñendo de naranja. Apenas hay nubes y vuelve a fijarse en la carretera, siguiendo las indicaciones de los carteles. No le gusta conducir de noche, pero su amigo Juan, el del taller, le recomendó salir al atardecer. «Si siempre va al bar y vuelve tarde, cuando vea que no estás en casa, saldrá a buscarte. Con suerte, ya llevarás unos cuantos kilómetros recorridos y él unas cuantas cervezas entre pecho y espalda, que le impedirán razonar».

Juan, su amigo del instituto, al que volvió a encontrar después de muchos años cuando fue a arreglar el coche. Se había maquillado el ojo y llevaba una bufanda de lana roja para ocultar el cuello. Él no había dicho nada, pero, días más tarde, cuando fue a recoger el automóvil, la llevó a la oficina, la invitó a un café y le preguntó. Ella excusó, como siempre, a su marido.

Fueron los celos y no yo... La canción que sonaba, de La Unión, describía su relación. Celos por la ropa que llevaba, celos por la sonrisa que le dedicaba el vendedor de periódicos de la esquina, celos porque el vecino le decía un piropo cada vez que entraban juntos en el ascensor. Al principio se sintió halagada, eran señal de que la quería. *Perdona si mis palabras te han hecho llorar…* Palabras primero. Golpes después.

Un mal día llegó a casa enfadado: lo habían despedido. Así que comenzó a ir al bar a pasar las tardes, luego las noches, gastando en cervezas y copas el dinero que ella ganaba. A veces llegaba a casa, apartaba las sábanas y se metía en la cama, hasta quedarse traspuesto. Otras, exigía sus derechos como marido, le apartaba la ropa sin miramientos y se movía dentro de ella durante unos minutos, para luego caer exhausto a su lado. Después de hacerlo, le decía que no valía para nada como mujer, que no sabía excitarlo como las otras que conocía en el bar. Que bien se merecía una paliza por ser tan poca cosa…Aunque lo peor fueron los golpes que venían, unas veces con la mano abierta, otras con el cinturón…

Al saber que esperaba un bebé no supo qué sentir. Había comprado tres pruebas de embarazo. Todas positivas. Cuando la ginecóloga le confirmó la noticia y le dio la enhorabuena, se echó a llorar. «¿No estás ilusionada?». Ya no sabía qué era la ilusión. No quería denunciarlo, en el pueblo conocían a su marido y ella tenía miedo. Miedo a quedarse sola y ahora más, en su estado.

Desde la muerte de su madre su única familia había sido él. Su cuñada lo defendía las veces que le había comentado lo que pasaba.

Terminó por callar. No la entendía. Algunas amigas le habían dicho: «Te casaste con el más guapo, ahora no te quejes». Poco a poco, había dejado de quedar con ellas. No quería fingir que le iba bien.

Sigue conduciendo mientras las lágrimas le caen por las mejillas. Sabe que no debe llorar, que ha elegido, que por fin va a deshacerse de todos sus miedos. Gracias a Juan.

Tuvo que volver al taller por otra avería. Mientras sorbía con lentitud un descafeinado, no pudo evitar explicarle su situación. La miró con lástima: «¿Qué vas a hacer?». «Decírselo. Seguro que cambia», fue su respuesta. Juan le dijo: «Espero equivocarme, pero no creo que un hombre como él vaya a cambiar. Si se enfada, ven a hablar conmigo. Yo te ayudaré».

Su marido la tachó de loca por quedarse embarazada teniendo solo su trabajo. Primero la abofeteó y después la tiró contra el mueble. Ella se quedó encogida, agarrándose la barriga con temor a perder el niño, llorando. Él se fue al bar. Pasó toda la noche dándole vueltas a la situación y se dijo a sí misma que debía ponerle fin.

Al día siguiente, se encaminó al taller. Juan le explicó su plan: «Tengo un coche aquí que he estado arreglando. Te lo puedes llevar. Nadie denunciará su desaparición». Ante su negativa a marcharse, su indefensión, sus *adónde voy yo ahora si no tengo a nadie, no tengo trabajo, de qué voy a vivir,* le dio el teléfono de su hermana en Málaga. «No te buscará en Andalucía, no te seguirá hasta allí porque no sabe nada. Mi hermana se ocupará de ti».

Esa misma tarde, intentando controlar los nervios, lo había visto dirigirse al bar, como de costumbre. Con un par de mudas en el bolso, su carné de conducir y el dinero que había podido sacar de la cuenta común, acudió al taller. Cerraban a las siete. Juan la recibió como si fuera una clienta tardona que venía a recoger el coche. Se despidió de ella y le dijo: «Márchate. No vuelvas. Sé feliz. No mires atrás».

Adicto

—¿Quieres dejar el móvil de una puta vez? —le espetó su padre. De un zarpazo se lo arrebató—. Me tienes hasta los cojones.

—¡Julián! No digas esas cosas delante del niño —exclamó la madre, mirándolo con cara de fastidio.

Marcos ni se inmutó. Estaba acostumbrado a que le quitaran el móvil y se lo devolvieran al cabo del rato. Las pataletas del principio y las amenazas habían surtido efecto. Por mucho que se quejaran, sus padres acababan claudicando. Solo tenía que esperar un poco.

El niño siguió revolviendo las patatas fritas con kétchup que le quedaban. Su padre se levantó de la mesa, como siempre, con prisa para ir al trabajo, y le dio el móvil a su madre.

—Rebeca, no se lo devuelvas hasta esta noche —indicó, tras darle un beso en la mejilla—. Debe acostumbrarse a vivir sin móvil.

Ella asintió y volvió a sentarse a la mesa. En cuanto escuchó el ruido de la puerta al cerrarse, se dirigió a su hijo.

—Cariño, ya sabes que a papá no le gusta nada que estés con el móvil en la mano mientras comemos.

Marcos no tuvo ni que extenderla, pues su madre ya lo estaba sacando del bolsillo para dárselo. En cuanto lo cogió, dejó las patatas y se puso a jugar con él.

El resto de la comida transcurrió en silencio. Rebeca recogió la mesa mientras su hijo terminaba una partida de *Candy Crush*, se dispuso a fregar los platos y él se sentó en el sofá sin apenas mirarla. Solo tenía ojos para la pantalla.

Un sentimiento de congoja se apoderó de la madre. «¿Qué hemos hecho para que esté todo el día así?», se preguntó. Y quiso pensar que la culpa la tenían los dichosos inventores de los cacharritos aquellos, y los padres de sus compañeros de colegio, que le habían dicho que su hijo no sería nadie si no le regalaban un móvil para la comunión, que todos los niños lo tenían y era muy útil. Quiso pensar que la culpa era de su marido, demasiado estricto con el uso del aparato, y que quizás Marcos no sería tan adicto al mismo si hubieran establecido unas reglas desde el principio.

Marcos no decía hola ni gracias ni buenos días. Ya no decía nada. Se pasaba las horas mensajeando, o jugando a juegos de nombres impronunciables en inglés, o haciéndose fotos para aplicaciones. Rebeca estaba casi segura de que algunas no eran aptas para menores de catorce años, pero como no sabía utilizarlas ella misma, dejaba que su hijo las usara a su antojo. Tras las primeras veces en que intentaron quitarle el móvil y el niño se había tirado al suelo, pataleando y llorando, y había armado una buena en un conocido centro comercial, Rebeca se sentía impelida a devolverle el móvil si su padre se lo quitaba. Y eso que los profesores le habían dicho que iba a repetir curso si no se dedicaba a estudiar más. Antes, aún venían amiguitos a casa, pero ahora parecía que se comunicaban a través del dichoso aparato. Rebeca no sabía qué hacer. Ya había tirado la toalla.

—Vamos, Marcos, al colegio —le dijo, viendo la hora que era.

El niño no respondió. Se limitó a levantarse y, sin despegar los ojos de la pantalla, dejó que su madre le colgara la mochila y le abriera la puerta.

El camino a la escuela era más corto si lo hacía mirando vídeos de sus *youtubers* favoritos. Además, prefería la pantalla antes que a sus compañeros.

Todo había empezado hacía año y medio. Nunca había sido muy bueno jugando a fútbol, pero no importó hasta la llegada de Pablo. Poco a poco consiguió que no lo eligieran para jugar, ni en el recreo, ni en las clases de Educación Física. Luego, tras convencerlo para hacerse una cuenta en Tuenti, se la habían *hackeado* y le habían escrito mensajes obscenos de su parte a Alicia, la chica nueva que le gustaba. Si antes las chicas le hacían poco caso, desde entonces, menos. A partir de aquel momento comenzó a interesarse por la informática y se hizo un experto en redes sociales, sin que nadie se diera cuenta ni le prestara atención.

¿Para qué molestar a sus padres, si no entendían de qué iba la adolescencia ni lo que hacía con el móvil? Vivían inmersos en su mundo de adultos. Seguro que, si les decía que se sentía mal, lo achacarían a su edad o a chiquilladas sin importancia. Al menos, es lo que comentaban cuando veían casos de acoso escolar en la televisión.

Se había ido alejando de los que antes eran sus amigos y ahora le hacían la rosca a Pablo. En clase solo atendía a los profesores de Informática, Matemáticas e Inglés, convencido de que eran las únicas asignaturas que le servirían para algo.

Sus padres pensaban que era un adicto, que vivía obsesionado con el móvil. Se equivocaban. Su obsesión era encontrar la manera de vengarse de aquellos que llevaban más de un año haciéndole la vida imposible. Y estaba a punto de conseguirlo con un par de aplicaciones e instrucciones de los *hackers* más famosos. Era cuestión de tiempo.

El encierro

Salta de la cama en cuanto suena el despertador. Tiene apenas unos minutos para ir al baño, lavarse la cara y preparar, como todos los años por esas fechas, unas rajas de melón bien fresquitas para desayunar.

Enciende el televisor y se encuentra con los presentadores de RTVE, ataviados con ropas blancas y un pañuelo rojo al cuello. Hablan del encierro del año pasado, uno de los más lentos. Cinco minutos cuarenta y seis segundos. Los Cebada Gago son de los que más cogidas registran en los tramos de Santo Domingo, Estafeta y Telefónica. Los distintos periodistas distribuidos por cada calle van entrevistando a personas que han pasado la noche en vela o se han levantado pronto para buscar un sitio. Echa de menos los anuncios de Almohadas Moshy o de Kukuxumusu.

≈ ≈ ≈

Lleva un par de horas despierto. Este año no es distinto a los anteriores. Siente cómo la adrenalina se acumula, sobre todo pensando en los toros de la ganadería Cebada Gago. Ya los ha corrido otras veces, pero empezar con ellos hace que se le pongan los pelos de punta.

Siempre corre en el tramo de Estafeta, con su gorra de chulapo, su camiseta azul y sus pantalones blancos. Lleva más de veinte años yendo a Pamplona a correr los sanfermines, no ha faltado a ninguno, ni siquiera los cuatro que estuvo viviendo en Estados Unidos.

≈ ≈ ≈

Susana y su hija Irati cantan una jota delante de la imagen del patrón de Pamplona. «A San Fermín pedimos, por ser nuestro patrón, nos guíe en el encierro, dándonos su bendición. Entzun arren San Fermin, zu zaitugu patroi zuzendu gure oinak entzierru hontan otoi». Segunda entonación del cántico al santo. Isabel también lo ha cantado, con su periódico enrollado en la mano, todavía en pijama y con media raja de melón acabada. Faltan pocos minutos para que comience el encierro. 848,6 metros de pura pasión.

≈ ≈ ≈

David espera, dando saltitos junto a otros mozos, aunque ha estirado y calentado con anterioridad. Saluda a los de siempre con un gesto, deseándoles suerte. La manada es impredecible y no saben lo que puede pasar. Algunos se santiguan, otros besan las medallitas que adornan sus cuellos. Él besa la fotografía de su hijo Álvaro, con el que espera correr cuando crezca.

≈ ≈ ≈

El chupinazo da salida a los toros del corral de Santo Domingo. Isabel se aferra al sofá y abre bien los ojos, siguiendo el recorrido. La manada va junta al principio, acompañada de los cabestros, al trote, sin correr demasiado. Dos de los toros cárdenos no paran de mirar hacia los laterales, donde se acumulan los corredores. Uno de ellos es alcanzado por un astado, al quedarse rezagado. Dos toros se golpean en la curva de Estafeta, aunque los astados han comenzado este tramo hermanados. Isabel busca al chico de todos los años, David, el de la gorra de chulapo. Lo encuentra y lo sigue, en la medida en que las cámaras de Televisión Española le dejan.

≈ ≈ ≈

David ve cómo se acercan los toros que van en cabeza. Está parado, muy centrado. Siente la adrenalina acumulada, se le disparan las pulsaciones y corre, corre delante de ellos, esquivando los cuernos de uno. El trote no es demasiado rápido y consigue acercarse a las astas. Se gira un poco para mirar cara a cara al toro, vuelve a mirar al frente. Los deja pasar por su lado y mira hacia atrás, para ver si vienen los que faltan. Dos pasan por el callejón y cornean a un par de despistados que se han confiado. Un cornúpeta ha decidido darse la vuelta y pararse en medio de la calle. Un mozo lo golpea con un periódico, otro lo agarra por la cola, pero el astado sigue ahí, impasible. De pronto, se pone a correr y embiste a un corredor de camiseta a rayas blancas y negras. David se aproxima y logra que lo deje en paz, no sin antes recibir también un puntazo del toro.

≈ ≈ ≈

Isabel le grita al televisor. «¡Aléjate, quítate de ahí! ¡Déjalos en paz!». Está en pie, preocupada por los mozos que han sido embestidos. Ve a los pastores que mueven al toro y lo obligan a correr. Los astados continúan su trayecto hasta la plaza, no sin antes provocar algunos momentos más de tensión: un toro cárdeno ha enganchado a un corredor y le ha roto el pantalón al darle la vuelta;

otro ha golpeado a un mozo de camiseta amarilla y lo ha empotrado contra la valla.

≈ ≈ ≈

David se acerca cojeando a los voluntarios de la Cruz Roja, contento con la espectacular carrera de este año. Mañana volverá a correr y volverá a sentir la emoción de estar tan cerca del toro.

≈ ≈ ≈

Isabel ve cómo los dos últimos astados entran, por fin, en los corrales. Un cohete indica que el encierro ha terminado. Dos minutos cincuenta y ocho segundos. Espera al primer parte de heridos tras la repetición: «Una herida por asta de toro en escroto y otra herida en el pecho. Muchas contusiones». Ya no escucha más. Apaga el televisor y piensa en esa tradición de ver los encierros que comenzó hace años.

La verdad es que a ella nunca le han gustado los toros. Fue su madre la que empezó a madrugar las mañanas de julio y a gritar cada vez que un toro cogía a un mozo. Tras un par de años, Isabel se unió a ella y empezó a disfrutar del melón fresco por la mañana y de los encierros. Juntas buscaban a los corredores conocidos, a los que entrevistaban justo después: David, un chico de Hellín, el de la gorra gris; Manuel, de Arganda, con su camiseta blanca y una cruz roja en el pecho; Sergio, sordomudo, de metro ochenta y cinco...

Y así cada año, viendo a los corredores como si fueran de la familia, gritando de emoción, preocupándose por ellos. Ahora está sola y ha decidido continuar la tradición, aunque sigan sin gustarle mucho los toros. Un motivo más para recordar a su madre. Mañana volverá a despertarse un rato antes para seguir el encierro.

El cuaderno rojo

Se quedó mirando fijamente esas líneas, la inclinación hacia delante de su propia letra. Acababa de concluir su primer libro de relatos, veinte, para ser más exactos. Los había escrito en un cuaderno de tapas rojas, que mostraba algunos tachones, flechas que simbolizaban el intercambio de palabras y anotaciones en los márgenes. Satisfecho ante su trabajo, que había durado unos tres meses, se echó hacia atrás en la silla. Ahora solo le quedaba transcribir su obra a ordenador, dejarla reposar una o dos semanas, revisarla y enviarla a cuanta editorial encontrase en su camino. Seguro de su destreza en el arte de la escritura, ya se veía como una de las jóvenes promesas en el mundo literario.

Dejó el cuaderno encima del escritorio y abrió la ventana. Hacía calor en aquella tarde de verano y, a pesar del ventilador, el sudor corría por su espalda. Los meteorólogos habían anunciado tormentas en alguna parte del país, pero lo único que se respiraba en el ambiente era un calor húmedo que se le metía por los poros de la piel y apenas le dejaba concentrarse.

Decidió darse una ducha. En cuanto abrió el grifo cambió de opinión: prepararía un buen baño con agua fría y atemperaría su cuerpo. Además, le había dicho a una amiga que la llamaría cuando terminase su jornada de escritura de ese día. Quería quedar con ella, invitarla a un par de cervezas y quizás a cenar. Comenzó a llenar la bañera, buscó las sales de baño y echó un buen puñado. Se desnudó con rapidez, metió un pie y disfrutó de la delicia del frío.

Tras enjabonarse el pelo, se recostó en la bañera y dejó que su mente vagase por los distintos relatos que había escrito. Algunos le gustaban más que otros, pero estaba seguro de que la suya era una buena antología de cuentos que describían a la perfección la vida cotidiana. Eran realistas, aunque alguno tenía cierto toque fantástico que le daba una pincelada mágica. Estaban basados, como siempre, en anécdotas que, o bien le habían sucedido a él, o bien a alguno de sus amigos o familiares. Por supuesto, cambiaba nombres de personas y lugares y exageraba u omitía ciertos detalles para que nadie se sintiera molesto.

Sin darse apenas cuenta, se quedó dormido, mecido por el agua fría con olor a vainilla. Pasar la noche escribiendo sin parar agotaba a cualquiera. Soñó con un editor que lo promocionaba hasta tal punto que lo invitaban a tertulias literarias. Luego, su sueño se mezcló con la victoria en un certamen literario de gran solera, donde le daban un cheque gigante por un valor desorbitado.

Un fuerte estruendo lo despertó. Sobresaltado, casi resbaló al salir del agua. Cogió la toalla y se secó como pudo. Cuando llegó a la habitación, vio cómo una tormenta de verano se cernía sobre la casa. Por la ventana abierta entraban la lluvia y el granizo, que se depositaban sobre el escritorio y empapaban las cortinas. Corrió a coger el cuaderno rojo de relatos, también algo mojado. Lo abrió y contempló, desolado, cómo la tinta se había deshecho aquí y allá, las anotaciones aparecían emborronadas y muchas de las páginas estaban pegadas entre sí. Apenas se distinguían unas pocas frases de algunos relatos.

Desesperado, se sentó en la cama, al borde de las lágrimas. Todo su trabajo echado a perder por una maldita tormenta de verano y su inconsciencia al dejar la ventana abierta. ¿Qué podía hacer ahora?

Llamó a su amiga y canceló la cita. Sacó el portátil de su funda, lo encendió y abrió el procesador de textos, decidido a no dejarse arrastrar por el desánimo. En el cuaderno rojo buscó algún relato que estuviera más o menos entero y comenzó a escribir de nuevo:

«Mi abuela está sentada junto a la ventana. Fuma y lee el periódico».

Cita a ciegas

El sonido del reloj de pared sobresaltó a Raúl. Si quería llegar a la cita con Miriam, debía darse prisa. Se había encantado leyendo el guion de su próxima obra de teatro. Era un texto buenísimo, de un italiano. Cuando la directora se lo entregó, se extrañó de que no supiera quién era Luigi Pirandello. A él le había sonado a un fabricante de neumáticos de Fórmula 1. En su escuela de teatro no enseñaban autores, sino a ser buenos actores y seguían el método de un ruso, un tal Stanislavski. Si acudía a la próxima gala de los Goya, quizá lo viera en la alfombra roja.

Se metió en la ducha y fantaseó sobre su primera cita. Llevaban un par de semanas charlando a través de una aplicación de móvil que los emparejó en cuestión de minutos. Ella le gustó en la foto inicial: rubia, de ojos claros, una sonrisa abierta, un cuerpo de escándalo a sus veintiocho años... Otras fotos denotaban su gusto por la naturaleza y los viajes. La chica perfecta.

Salió de casa con el tiempo justo. Hora de encuentro: las siete. Lugar: la cafetería del restaurante El Torreón, a las afueras de la ciudad, en los jardines de la Reina. Un sitio tranquilo, aunque algo caro, donde no habría mucha gente y podrían conversar. Y, quizás, si se terciaba, perderse entre los árboles y arbustos y, a lo mejor, dar rienda suelta a sus instintos.

Se miró en el espejo del retrovisor. Había olvidado cepillarse los dientes. Se los frotó con el dedo y escupió por fuera de la ventanilla. Rebuscó en la guantera y encontró un paquete de chicles de menta. Metió dos en la boca. Puso el coche en marcha y se dirigió a la cita.

De camino pensó que no había sido del todo sincero. Su foto principal en la aplicación tenía algunos años, de cuando estaba algo más delgado y todavía no le habían salido las canas. Las demás eran algo borrosas y Miriam no tenía por qué saber que la foto en el maratón de la ciudad se la había sacado con el dorsal prestado de un amigo, ni que la de París era un fotomontaje.

Le dijo que era actor y mintió un poquito sobre las obras en las que había actuado. No hacía falta contarle que era el suplente de muchos actores y que todavía no había salido en ninguna importante. Aunque andaba algo escaso de dinero por la falta de trabajo, había accedido a quedar en aquel restaurante tan exclusivo porque Miriam merecía la pena.

Esperaba que una chica como ella, con dos carreras universitarias, conocedora de varios idiomas y viajera, no se lo tomase a mal. Un par de mentirijillas de nada les iban a servir ahora para conocerse y podrían llegar a algo más.

Raúl giró por una rotonda y fue acercándose a los jardines. Se encontró de frente con un rebaño de ovejas que inundaban la calzada. Tocó el claxon de manera frenética varias veces. El pastor lo ignoró y siguió a lo suyo, guiando a los animales con parsimonia. Miró el reloj, ya llegaba diez minutos tarde. En cuanto se apartaron, enfiló la carretera a toda pastilla.

Un coche de la Guardia Civil lo paró a escasos metros de los jardines de la Reina.

—Buenas tardes. ¿Sabe que el límite de velocidad en esta carretera es de 50?

—Sí, bueno, creo que sí, es que… ¿Me he pasado mucho? —acertó a decir, nervioso.

—Iba a 90. Lamento comunicarle que debo ponerle una multa, aunque si la paga en el plazo de veinte días naturales tendrá una reducción del 50%.

El guardia le acercó el papel y Raúl lo cogió con desgana. Lo metió en la guantera junto con una chocolatina derretida, el paquete de chicles de menta y un montón de pañuelos de papel sucios.

Eran casi las siete y media. Si Miriam era paciente, estaría esperándole. Si no lo era, tendría que pedirle perdón a través de la aplicación…

—¡Mierda! —exclamó. Había dejado el móvil en casa. Si ella no estaba en la cafetería, tampoco podría llamarla hasta su vuelta.

Aparcó como pudo y salió del coche a toda prisa. En la terraza de la cafetería solo había una mujer algo gorda, de unos cincuenta años, tomando un café y mirando el móvil. A unos pocos metros una pareja de adolescentes se besaba, sentados ante una de las mesas, mientras el camarero los miraba con cara de pocos amigos.

Raúl inspeccionó la cafetería, que estaba desierta. Salió e hizo amago de sentarse en la terraza, pero al ver el precio de un café, rodeó la silla y dio la vuelta. Volvería a casa y trataría de localizar a Miriam.

—¡Mierda! —volvió a exclamar. En el bolsillo del pantalón no estaban las llaves de casa. Tendría que llamar al cerrajero. Pero, ¿con qué teléfono?

Apesadumbrado, pasó por detrás de la mujer en dirección al coche. No se dio cuenta de que, en su móvil, aparecía la foto de una chica rubia, sonriente, en la aplicación de moda. Al lado, un mensaje: «Raúl, ¿dónde estás? Te estoy esperando».

Perdóname

—¡Ahí llega la caballo! ¡Hiiii, hiiii, hiiii! —gritó Pablo, al ver a Eva cruzar la verja que daba al patio de la iglesia. La señaló con el bocadillo de la merienda, de atún, como siempre, que le dejaba las manos pringadas de aceite.

Ella torció el gesto, pero siguió caminando hacia nosotras. Estábamos sentadas en uno de los bancos verdes, charlando antes de entrar a catequesis. La saludamos con la mano, tímidas.

—¡Caballo, relincha, relincha! ¡Hiiii, hiiii, hiiii! —exclamó Diego, riéndose con Pablo. Se limpió los mocos con la manga del jersey de ochos y continuó señalándola e imitando al animal.

Era una situación que se repetía al salir de clase y, sobre todo, el rato antes de entrar en la iglesia. Los chicos del colegio se metían con Eva, simple y llanamente, por el tamaño de sus dientes y por sus gafas de culo de botella.

Llegó hasta nosotras con la cara roja y los ojos llorosos.

—Me tienen harta. ¿Se puede saber qué les he hecho? —nos preguntó.

—Nada. Déjalos. Son así. Ya se cansarán —contestó Vanessa, rascándose los granos de la barbilla.

—Pero es que no van a parar nunca.

La miré con compasión. No dije nada. El año anterior se metían conmigo y ahora con ella. Suponía que nos tocaba a todas en algún momento de nuestras vidas. A mí habían llegado a quitarme la ropa de gimnasia y tirarla a uno de los váteres del patio del colegio. Como el bedel me había pillado intentando sacarla, creyó que lo había embozado yo y me castigó a limpiar el suelo de los baños. Que Eva fuera el nuevo blanco de sus burlas hacía que se hubieran olvidado de mí. Era un alivio no tener que soportar sus tirones de pelo, sus bromas pesadas y, sobre todo, los insultos.

Entramos en el salón de la iglesia donde recibíamos catequesis de poscomunión. Los catequistas nos hablaron de los diez mandamientos, que se resumían en dos: «Amarás a Dios sobre todas las cosas y al prójimo como a ti mismo». Diego y Pablo prestaban atención y levantaban la mano cuando nos preguntaban y contestaban: «El prójimo es ese que está a mi lado, al que tengo que querer y ayudar, es mi hermano, mi amigo, mi compañero de colegio». Se sabían la lección. O la teoría, al menos.

Al finalizar, Eva y yo nos fuimos juntas. La tienda donde trabajaban sus padres estaba a dos calles de la parroquia, de camino a mi casa. Diego y Pablo nos siguieron un rato, relinchando y pateando el suelo, hasta que doblamos la esquina y los perdimos de vista.

Un día salí del colegio un poco más tarde que mis amigas de catequesis. Me dirigí a la parroquia con la mochila al hombro. Al llegar al parque, vi a Diego y Pablo que jugaban a empujar a Eva de un lado a otro. Diego le escupió varias veces y una de ellas le acertó en la boca. A Eva le dieron arcadas y vomitó. Tenía el jersey manchado y Pablo le restregó el bocadillo de atún.

Quise socorrerla, interponerme entre ellos. No pude. Me quedé pegada al suelo. Ella me miró, se limpió la boca y apartó a Diego de una patada. Cogió la mochila y se la lanzó a Pablo a la cara. Se largó corriendo de allí, mientras ellos la insultaban.

En la parroquia me esperaban mis amigas. No dije nada de lo que había pasado cuando se extrañaron de que Eva no estuviera aún. Los chicos llegaron un poco más tarde que yo. Aunque los catequistas les preguntaron por qué Pablo tenía un corte en la cara y Diego cojeaba ligeramente, ellos se excusaron en el fútbol que jugaban en los recreos. Sus respuestas en la catequesis fueron modélicas, como de costumbre.

Eva dejó de venir. Salía del colegio y se largaba a la tienda de sus padres, a estudiar. Nosotras pasábamos a verla alguna vez, pero las visitas se fueron espaciando.

Acabó el curso, pasó el verano y empezamos otra vez las clases en septiembre. Diego y Pablo la tomaron con Vanessa. «Cara de paella» era lo más bonito que le decían, hasta que los padres de Vanessa se quejaron a la profesora y los dos suavizaron su comportamiento. En unos meses, cambiaron de objetivo. El chico recién llegado de Manresa les pareció curioso por su acento.

≈ ≈ ≈

Hace veinticinco años que terminamos el colegio. Algunos hemos seguido siendo amigos, a otros les hemos perdido la pista y unos pocos son fáciles de encontrar. Un pequeño grupo de los que siguen en contacto se ha propuesto celebrar una cena de reencuentro. Vanessa dice que sus años de infancia fueron estupendos y yo, aunque trato de recordar momentos felices, solo puedo pensar en Eva.

No hemos sabido de ella desde que terminó el instituto. Su madre nos dio el teléfono y no contesta. Vanessa le escribió un correo electrónico y no recibió respuesta.

Si la viera, lo primero que le diría sería: «Perdóname». Por las veces que podría haber frenado a Diego y Pablo. Si, cuando empezaron a meterse conmigo, hubiera hecho algo... Ignoro cómo son ahora, aunque pienso que no habrán mejorado con los años.

No creo que vaya a la cena. No soy capaz de fingir y mirar para otro lado. Ya no.

El dragón

El caballero de brillante armadura y caballo blanco alzó su espada. Atravesó al dragón, que murió entre estertores. De la herida comenzó a salir sangre y de la sangre brotó un rosal. El caballero tomó una rosa y se la ofreció a la princesa, libre, al fin, de las garras del monstruo.

Darío cerró el libro y suspiró, satisfecho. Lo leía, al menos, una vez a la semana. Era su favorito. Cuando llegaba del colegio, se encerraba a menudo en el cuarto y, tras hacer los deberes, cogía uno de los libros que atestaban las estanterías y se perdía entre sus páginas. A menudo, releía pasajes subrayados o, simplemente, se dejaba llevar por aquellas historias.

Su madre solo abría la puerta para llamarlo a cenar. Si el dragón había llegado a casa, él se sentaba a la mesa y removía las verduras con el tenedor, incapaz de masticar. El dragón bramaba y se quejaba de lo mala que era la comida, de lo cara que era la vida, de lo absorbente que era el trabajo, de lo inútil que era su mujer, de lo estúpido que era su hijo. Si estaba de buen humor, se sentaba en el sofá, cogía el mando a distancia e, incluso, lo invitaba a ver alguna película a su lado.

Después de cenar, Darío volvía a su habitación y soñaba despierto. Soñaba con ser un niño a orillas del río Misisipi, jugando con sus amigos Huck y Joe; soñaba con ser un niño inglés que buscaba un mapa del tesoro y luchaba contra piratas; soñaba con ser un niño alemán que robaba un libro de una librería y se sumergía de lleno en la historia de un reino medio devorado por la nada; soñaba con ser un caballero de brillante armadura a lomos de un caballo blanco, que derrotaba con su espada a la bestia.

Soñaba despierto las noches en que el dragón llegaba de mal humor. Cuando sus bramidos le hacían taparse los oídos. Cuando los gritos y los golpes eran tan fuertes que ninguna lectura le ayudaba a amortiguarlos. Temblaba bajo las sábanas, agarrado a un libro y a su linterna, con los ojos llorosos y los labios apretados. Su madre acudía a arroparlo y él le notaba las mejillas húmedas en cada beso de buenas noches.

Durante los desayunos, hundía la cuchara en los cereales y procuraba no mirarla, callada y taciturna. Como el monstruo se había marchado a trabajar temprano, su madre iba recuperando el habla y la sonrisa, le daba un beso tibio en la frente, lo ayudaba con la mochila, le hacía el bocadillo para el almuerzo y bromeaba con él.

Si estaban de suerte, la bestia tardaba días en volver. Y en las cenas había risas, refresco de naranja, tortilla de patata y, en ocasiones especiales, tarta de queso. Luego, una película en el sofá, cubiertos con la manta, un bol de palomitas y un «vamos a la cama, que te estás durmiendo y ya es tarde».

Hasta que volvía el monstruo que escupía fuego por la boca y devoraba los momentos felices de aquella casa.

Darío quería ser fuerte, ser valiente, pero no podía. No era un caballero de brillante armadura, sino solo un niño. No tenía caballo blanco ni espada, solo sus libros. Y no eran suficientes para acabar con la bestia.

≈ ≈ ≈

Darío releía la historia del caballero y el dragón, sentado en la cama. Añoraba sus libros, que había dejado atrás cuando se fue a estudiar a otra ciudad. Cuando, en vacaciones, dormía en su antigua habitación, volvía a creer que era pequeño.

Oyó la puerta y la respiración del monstruo, recién llegado. Al poco rato, comenzaron los gritos y los sollozos. Un golpe, un insulto, otro golpe, otro insulto. Darío se tapó los oídos con la almohada. Cerró los ojos. Las imágenes del cuento aparecieron ante él. El caballero de brillante armadura venciendo al dragón con su espada, el dragón muerto a sus pies.

Se levantó y salió de la habitación. La bestia rugía y bramaba, acosando a su madre en la cocina. Se giró y lo miró. Su cavernosa voz le indicó que se largara de allí si no quería recibir él también.

El joven retrocedió. Quiso chillar, quiso decirle que dejase en paz a su madre. Las palabras no surgían de su garganta. Ella permanecía en un rincón, encogida, más pequeña que otras veces. El brillo de un cuchillo en la encimera le insufló valor.

Darío lo alzó y amenazó al dragón. Por primera vez en mucho tiempo, el miedo se reflejó en los ojos de la bestia y no en los suyos. El cuchillo atravesó una sola vez el costado del dragón, que cayó al suelo, sin comprender. El joven le tendió la mano a su madre y los dos salieron de la casa, libres, al fin, de las garras del monstruo.

Una peli porno

Los días después de los funerales, Emilio se sentía fuera de lugar. Tras la muerte de su padre, regresar al pueblo donde había pasado la mayor parte de su vida no le agradaba en absoluto. Una estricta infancia, de la que solo recordaba tardes enteras castigado estudiando y sin poder ir al parque.

La primera noche no pudo conciliar el sueño en su antigua cama, que se le antojó estrecha e incómoda. Despertó más cansado aún que el día anterior y fue a hacerse el desayuno. Abrió la nevera y arrugó la nariz, disgustado. El brik de leche olía a agrio, había un dedo de mantequilla mohosa y un par de tomates que parecían pedir que los tirasen a la basura. Ni rastro de café por ningún lado. Se duchó rápidamente y fue al bar de Toño, que ahora regentaban unos chinos. Le sirvieron un café y unas tostadas pasables y volvió a la casa.

Pasó el día tumbado en el desvencijado sofá color chocolate, medio durmiendo, medio meditando qué hacer con aquel piso que se caía a trozos. Tocaba arreglar papeleos para la herencia, aunque no sería muy difícil, pues carecía de hermanos con los que pelear por las escasas propiedades de sus progenitores. Su padre vivía con poco y apenas había dejado víveres o pertenencias de valor. Un par de vecinas le trajeron ollas con comida, como para alimentar a un regimiento, así que picó un poco de aquí y de allá.

La segunda noche durmió en la cama de matrimonio. El cuarto de sus padres era terreno sagrado y pocas veces había traspasado el umbral. Se sorprendió al ver un colchón de agua en vez del de muelles, así como sábanas suaves y nuevas, no de franela, como las que veía tender a su madre tras las largas coladas de los domingos. También había una tele en la pared, conectada a un reproductor de DVD. Antes de acostarse, echó un vistazo a la colección de películas que llenaba una estantería. Eran antiguas, como *La gran evasión, La reina de África, Vértigo* o *La ventana indiscreta.* No le apeteció ninguna. Se acostó y logró conciliar el sueño gracias a la comodidad de la nueva cama.

Desayunó otra vez en el bar de Toño. De vuelta en casa se puso a registrar cómodas, estanterías y armarios por si encontraba algo de valor. Solo encontró un par de billetes pequeños y monedas en los abrigos o pantalones de su padre. Ni rastro de las pocas joyas de su madre. Supuso que las habrían vendido para vivir más holgadamente, pues sus pensiones no daban para mucho.

Emilio se arrepintió de no haberlos visitado con más frecuencia en esos años. Pasó la tarde revisando álbumes de fotos antiguas y se le escapó alguna lágrima al pensar en ellos. Aunque sus relaciones nunca fueron del todo buenas, sentía lástima por haber dejado solos a los dos ancianos. Se esforzaron por darle una vida mejor lejos del pueblo que tanto criticaba. Él solo volvía para vacaciones de Navidad y un par de días en verano. El pueblo se le hacía pequeño y era más feliz en la capital, donde era él y no «el hijo de Dorita y Pepe».

Los libros llenaban la casa. La enciclopedia Espasa, con la que había estudiado durante mucho tiempo, parecía la misma de siempre. Sacó un tomo y se dio cuenta de que había algo detrás. Extrajo varios más y vio un ordenador portátil. Le extrañó que sus padres hubieran podido comprarse uno y más sin avisarlo. Recordó haber perdido más de un día con ellos explicándoles el funcionamiento del móvil que les regaló. Siempre estaban fuera de casa y no sabían ni consultar las llamadas perdidas en el fijo. Si no se hubiera enfadado tanto con ellos, llamándoles ignorantes, quizás lo habrían avisado de su nueva adquisición.

Lo sacó de su escondrijo y lo encendió. No necesitó adivinar la contraseña, escrita en un papel pegado con cinta adhesiva. Sentado en el sofá, cotilleó las distintas aplicaciones y carpetas. Su padre tenía muchos vídeos numerados con números romanos. Pulsó en uno de ellos. Era casero, editado con un programa que dejaba marca de agua. El título, *La reina de África*, aparecía con letras blancas poco centradas. Una mujer regordeta y entrada en años, con la cara cubierta por una máscara africana y vestida con unos harapos de estampado atigrado entraba corriendo en una habitación y se sentaba a horcajadas encima de un hombre desnudo, tirado en una cama.

Emilio acercó los ojos a la pantalla. Se los frotó, incrédulo. El hombre desnudo se parecía mucho a su padre. Y la mujer... En un momento de frenesí, se arrancó la máscara africana y dejó ver los rasgos de su madre. Aquellos ojos azules eran inconfundibles.

Le dio a la tecla de *stop* y cerró la tapa del ordenador. ¿Sus padres haciendo porno casero? Le dio un poco de apuro, pero quiso ver si había más.

Se pasó la tarde visualizando apenas unos segundos de cada vídeo. De unos diez minutos, llevaban como nombre los títulos de películas antiguas, las mismas que su padre atesoraba en la estantería de la habitación. También seguían una ambientación acorde, aunque todas estaban rodadas en aquella casa.

Rebuscó bien y encontró un trípode y una cámara en el armario donde se guardaban los utensilios de limpieza. En la tarjeta de memoria quedaba un vídeo que ya había visto editado en el ordenador. Decidió borrarlos todos. Se llevaría el portátil a su casa y pediría que lo formatearan. Sentía vergüenza de que sus padres hubieran pasado sus últimos años grabando sus relaciones sexuales.

Emilio volvió a la ciudad y a la semana recibió una carta de un abogado. Le comunicaba que los derechos de los vídeos grabados por sus padres en la plataforma PornTube pasaban ahora a ser suyos. También le explicaba qué debía hacer con el dinero percibido por las visualizaciones de su canal y que se ponía a su disposición para aclarar cualquier asunto. Cuando vio el extracto de la cuenta bancaria, con una abultada cifra, no se lo pudo creer.

Incompleta

—Entonces, ¿qué somos? —preguntó Tania, envolviéndole en un abrazo.

—Pues… amigos… ¿no? —contestó él. Le dio unos besitos en el hombro y la miró, divertido.

—Bueno… yo esperaba… no sé… —titubeó un par de segundos—. Como llevamos un tiempo así, viéndonos, estamos a gusto y tal… Pues podríamos hacerlo oficial, ¿no?

—Verás… Me gustas mucho, eres una tía estupenda, nos llevamos bien… pero… te falta algo, ¿sabes? No me imagino… casándome contigo, por ejemplo.

Si le hubiera dado una puñalada en el pecho y hubiera retorcido el cuchillo no se habría sentido peor. Años atrás, cuando estudiaban en la Facultad, habían tenido un escarceo, un lío sin importancia si ignoraba el hecho de que él le había puesto los cuernos a su novia con ella. Al volverse a ver unos meses antes, Tania creía que la llama había resurgido de nuevo. Cenas a la luz de las velas, paseos por la playa, regalos sorpresa… Creía haber encontrado, por fin, al hombre de su vida.

Hizo como si no le afectara y continuó besándole. «Al menos voy a disfrutar esta noche», pensó.

≈ ≈ ≈

—Mira, Tania, eres una chica muy competente. La verdad es que tu proyecto es muy atractivo —le dijo la directora, revisando los documentos—. Pero te falta algo... no sé cómo explicarlo. No creo que puedas hacer frente al cargo que deja Lola. Hemos pensado que Esther puede ocupar su puesto mejor que tú.

Recogió los papeles de su proyecto y se marchó del despacho. Fue al cuarto de baño y se miró en el espejo. Pelo, frente, dos orejas, dos ojos, una nariz, una boca... Tenía todas las extremidades. ¿Por qué justo ese mes dos personas le habían dicho que le faltaba algo?

Se acordó de algunos profesores de la Universidad. Varios dieces, ninguna matrícula de honor, «estás a puntito, pero hay un par de detalles que, claro, no te hacen merecedora de la matrícula».

Lo tenían claro, pero ella no. Seguía sin entender qué era ese poquito que le evitaba alcanzar sus objetivos, qué era ese poquito que, al parecer, los demás poseían y ella no.

≈ ≈ ≈

Una mañana de domingo demasiado calurosa para el mes de noviembre salió a pasear. Con las manos en los bolsillos, se dedicó a curiosear entre los puestos diseminados por el paseo marítimo. Unas cuantas oenegés promocionaban sus proyectos y vendían sus productos para recaudar fondos.

Juguetes usados, bisutería de segunda mano y algunos libros se amontonaban junto a un puesto con un gran cartel que decía: «Rastrillo solidario». Se paró a curiosear y le preguntó al joven que lo atendía:

—¿Cuánto valen los puzles? —Su sobrina cumplía años en un par de semanas y le encantaban los rompecabezas.

—La voluntad —contestó con amabilidad, mostrándole un par de ellos.

—¿Y eso? —Tania los sopesó y miró las cubiertas: *Frozen*, *Cars* y el castillo de Neuschwanstein se repetían.

—A algunos les falta una pieza.

—¿Y por qué los vendéis? Si les falta una pieza son inservibles, ya no valen para nada —preguntó ella, dejándolos en el mostrador.

—No son inservibles. Los hemos revisado y, aunque les falten una pieza o dos, se pueden montar. Tenemos la mala costumbre de tirar a la basura lo que creemos incompleto, cuando aún es aprovechable.

—¿Y si mi sobrina se queja? A ver si va a echar de menos alguna pieza importante.

—Bueno, cualquiera te diría que todas son importantes. Pero te puedo decir que estos puzles son igualmente válidos aunque les falte una pieza. Solo hay que saber valorarlos.

Tania se rio. Se notaba que el chico quería conseguir dinero para su oenegé.

—Bueno, me has convencido. Me voy a llevar estos dos —le dijo, señalando un par de ellos y dándole un billete—. Al fin y al cabo, es por una buena causa.

—Por supuesto. Seguro que tu sobrina se lo pasará pipa montándolo.

Cuando llegó a casa, buscó papel de regalo para envolver los puzles. En la bolsa que le había dado el joven encontró un folleto informativo con un número de teléfono y un mensaje escritos a lápiz: «Si te falta alguna pieza, llámame y la buscamos juntos».

Los del parque

La ve a diario, desde hace dos años, los que empezó a trabajar en ese hospital. En verano lleva un sombrero de paja con una cinta marrón, en la que se lee el nombre de una conocida marca de helados. En invierno, una gorra de un azul desvaído es lo único que la protege del frío. Por lo demás, su atuendo cambia cada dos o tres semanas, dependiendo, quizás, de lo que encuentre en los contenedores de ropa usada que pueblan la ciudad y que, le consta, asalta de vez en cuando.

Cuando Cristina sale a almorzar, procura no pasar por delante del parque. En él, se concentran los gorrillas a beber lo que han comprado en el supermercado cercano: casi siempre vino barato o cerveza de a litro, en ocasiones, una botella de vodka o whisky. La primera vez que la vio, le dio un pinchazo en el corazón. Reía a carcajadas con su compañero de banco, mientras se pasaban el brik de vino de mano en mano. Más tarde, indicaba a los usuarios del hospital dónde debían aparcar, para ganarse unas monedas con las que pagarse más bebida.

A Cristina le sorprenden los padres que llevan a sus hijos a jugar en los columpios del parque. Es un lugar que resultaría acogedor, con árboles frondosos que dan sombra en verano, de no ser por los indigentes. Ella se sentiría algo cohibida al ver a su hijo deslizándose por el tobogán, mientras, a escasos metros, alrededor de una decena de personas mal vestidas, malolientes, se pelea por este o aquel banco, o se tiran unos a otros los restos de comida que encuentran en los contenedores de la cafetería del hospital. Puede que esos padres y madres esperen la salida de sus familiares de Urgencias o de la visita al médico y no tengan más remedio que dejar jugar a sus retoños, bajo la mirada de los sin techo.

Si tiene tiempo, entre paciente y paciente, sale a fumar un cigarro. Sabe que es malo para la salud (su padre falleció de cáncer y ella trabaja de celadora en uno de los mejores hospitales de la ciudad), pero necesita aire, aunque sea viciado. En ocasiones, trasladar camillas pesadas con enfermos quejosos le hace odiar su trabajo. Con la nueva ley, debe alejarse unos metros de la puerta del centro, así que, irremediablemente, sus pasos se encaminan al parque, donde enciende un único cigarrillo y espera, temerosa, que nadie le pida uno. No le gusta aspirar el mal olor de algunos de ellos, que se aproximan a los fumadores y parecen exigirles un cigarro a cambio de desaparecer de su vista. Al menos, la mujer no fuma.

Si no la ve allí, sentada entre sus congéneres, se debe a que está guiando a los que quieren aparcar lo más cerca posible de la clínica, o comprando en el supermercado. Es la más limpia de todos, quizá por eso el guardia de seguridad del súper la deja pasar sin ponerle problemas. La fuente del parque funciona para realizar las abluciones correspondientes y arreglarse un poco, aunque en invierno el agua debe de estar helada.

Un día, antes de salir a almorzar, se la encontró en los baños de la planta baja. Se miraron sin verse y cada una fue a lo suyo: Cristina, a hacer sus necesidades, y la mujer, a lavarse las manos con jabón. Desde entonces, si la ve entrar en el hospital, agacha la mirada y procura esperar a que salga. La directiva pensó que era mejor dejarles utilizar los baños a que inundasen el parque de heces y orines, a pesar de las quejas de algunos usuarios. Algún atrevido, incluso, ha utilizado la máquina de café, en esas horas de la noche en las que no hay gente por los pasillos y solo se oye el zumbido del aire acondicionado y el traqueteo de ruedas de las camillas de los celadores.

Le gustaría hablarle, preguntarle qué hace ahí, qué la llevó a cambiar su familia por la compañía de indigentes borrachos. Pero no se atreve. Ignora si la mujer está bien de la cabeza, aunque Cristina piensa que nadie en su sano juicio abandonaría su cama y la comida caliente por unos cartones apilados bajo un árbol y unos litros de vino peleón.

A veces, en casa, cuando su hijo mira la foto de su abuela, se arrepiente de haberle dicho que murió cuando él era pequeño. Pero en seguida se le pasa y piensa que es mejor conocer a la abuela sonriente y bien peinada de la foto de su boda, que a la mujer que bebe vino en el parque y ayuda a aparcar coches a cambio de unas monedas.

Jordi

Se llamaba Jordi. Íbamos a la misma clase y nos gustaban las Matemáticas. La profesora nos felicitaba por igual cuando realizábamos cálculos que a los demás les parecían muy difíciles. En el colegio era mejor o sobresalir o pasar completamente desapercibido. Yo sobresalía solo en Matemáticas. Él, en casi todo. Solo se le daba mal la Educación Física, porque no le gustaba correr y le parecía estúpido esforzarse en ser el que más flexiones hacía en un minuto.

Era guapo. No de esos guapos que quitan el hipo, como decía mi abuela, sino de esos chicos atractivos que crees que nunca envejecerán. Guardé la foto de la orla, esa que nos hicieron a todos los alumnos de octavo en las escaleras del centro, posando ante un fotógrafo que, en aquella época, no sabía decirnos si saldríamos bien o mal. Mi cara salía algo desenfocada, pero Jordi estaba guapo igual.

Recuerdo con claridad aquel día que llovía a mares al salir de clase. Muchos padres se habían congregado a la puerta del colegio con sus coches. En mi casa trabajaban hasta tarde y nadie podía venir a buscarme para evitar que me mojara.

Pensé en quedarme un rato en el zaguán, esperando a que la lluvia cesase. Alguien pasó por mi lado y me dijo que me fuera a casa, aunque me mojase, porque aquello no tenía pinta de parar.

Jordi sí que paró. Junto a mí. Llevaba un paraguas inmenso, con los colores del arcoíris. Me reí de él.

—Tú ríete, pero aquí debajo cabemos los dos. ¿Vives muy lejos?

Le dije que no, que en realidad vivía a dos manzanas de allí. Me dijo que me acompañaría y me cobijé bajo su paraguas.

Saltamos varios charcos como pudimos, pues cada vez llovía más y parecía que iba a producirse una riada de un momento a otro. Yo vivía en la parte menos glamurosa del barrio, en unos pisos de protección oficial donde se alojaban familias numerosas, gitanos y algún que otro vendedor de droga. Me pareció curioso que Jordi se atreviera a acercarse por allí, cuando su casa estaba más hacia el centro de la ciudad, en la zona que llamábamos *de los pijos*.

Una vez llegamos a mi edificio, le agradecí que me acompañara. Saqué las llaves y, no sé por qué, me acerqué a darle un beso en la mejilla. Él giró la cara y nos besamos largamente. Nuestras lenguas se unieron y nos abrazamos. El sonido de la lluvia fue la banda sonora de nuestro primer beso.

Nos despedimos algo ruborizados, sin decir nada.

Al día siguiente suspendieron las clases por las lluvias y pasó el fin de semana sin que supiera de Jordi. En tiempos de teléfono fijo, yo no tenía el suyo ni él el mío, así que había que esperar al lunes. Nunca tuve tantas ganas de que llegara el lunes como aquella vez.

En el colegio, la actitud de Jordi cambió. Pidió permiso a nuestra tutora para cambiarse de sitio y ya no formamos equipo en las clases de Matemáticas. Parecía como si se hubiese enfadado conmigo y hasta algunos de nuestros compañeros nos preguntaron. Otros se conformaron con reírse de nosotros a nuestras espaldas.

Terminó el curso y supe por los demás que Jordi se iría a Cataluña. Su padre era ictiólogo en el CSIC y le habían dado plaza cerca de su lugar de origen, así que se mudaba de nuevo con toda la familia.

Nunca más tuve noticias de Jordi.

Hasta hace unos pocos meses. Unas compañeras se empeñaron en celebrar una comida por el veinticinco aniversario de haber terminado la EGB y se dedicaron a buscarnos a todos en redes sociales. Cuando vi su nombre en el grupo de wasap, algo saltó dentro de mí. Parco en palabras, solo contestó que sí que vendría.

Aún tengo el recuerdo de aquel primer y único beso guardado en lo más profundo de mi memoria.

Ayer fuimos a la comida, a un restaurante barato, pero donde cabíamos los casi ochenta alumnos de las dos clases. La comida y el vino no eran de mucha calidad, pero cualquier cosa valía para pasar una tarde recordando viejos tiempos.

Cuando vi a Jordi, comprobé que era tan guapo como antes, que los años no habían pasado por él, como creía que ocurriría.

Una de las organizadoras se jactó de haberlo encontrado gracias a que su mujer trabajaba con ella.

—Siempre pensé que seguías viviendo en Cataluña —le dije, durante los cafés.

—Estuve unos diez años en Barcelona, pero luego volví —dijo él—. Monté un negocio de exportación de frutas y verduras y no me va mal.

—Y te has casado… —dije yo, con pena.

—Sí. Y tengo dos hijos preciosos —me dijo. Sacó la cartera y me enseñó una foto de ambos—. Y tú… ¿te has casado?

—No —le contesté—. Yo sigo soltero.

Una foto en blanco y negro

Solamente oír tu voz, ver tu foto en blanco y negro. Recorrer esa ciudad, yo ya me muero de amor...

Escucho esta canción mientras conduzco y no distingo a los cantantes. Se me hace raro no oírsela a Dani Martín, pero David Otero (me ha costado un poco, pero lo he reconocido) y el desconocido le imprimen un tono de nostalgia que no tenía la original y que me hace transportarme a otro tiempo.

Éramos jóvenes, pero ya no tanto. Salíamos por la noche en busca del hombre perfecto y volvíamos a casa, las más de las veces, con los bolsillos y los corazones vacíos.

A ti te gustaba uno de los dueños del pub: el moreno de brazos musculosos que ni siquiera nos miraba cuando pasábamos a su lado para entrar en aquel local de escasa iluminación. El que sí se fijaba en nosotras y nos contaba un par de chistes era el segurata, un tipo gracioso de ciento veinte kilos. Nuestros ojos tardaban un poco en adaptarse y enseguida nos pedíamos nuestra bebida en la barra: Cacique cola para ti y *gin-tonic* de Bombay Sapphire para mí. Ya teníamos una edad y unos trabajos que nos permitían consumir bebidas algo más caras y así evitar la resaca del día siguiente. O eso creíamos.

Irremediablemente terminábamos la noche con varias rondas de chupitos de colores y sabores tan dulces como extravagantes. Y luego nos quejábamos del dolor de cabeza al levantarnos...

Te reías de mis coqueteos con los tequilas y con Pablo, el otro dueño, que se iba siempre con las guapas. Casi siempre nos conformábamos con hacerles ojitos a los chicos de la barra, que cambiaban cada mes.

Cuando el DJ, al que habíamos molestado toda la noche, pinchaba *Una foto en blanco y negro*, de El Canto del Loco, sabíamos que la juerga allí tocaba a su fin. Era hora de la penúltima.

Luego sonaba la voz de Olga Román cantando *Y sin embargo, te quiero* para dar paso al gran Sabina.

Nos desgañitábamos cantando, abrazadas y alzando las manos, los versos de la canción, apurando el final de la noche.

Y me envenenan los besos que voy dando y sin embargo cuando duermo sin ti, contigo sueño... Y con todas si duermes a mi lado. Y si te vas, me voy por los tejados, como un gato sin dueño, perdido en el pañuelo de amargura que empaña, sin mancharla, tu hermosura.

Fueron tiempos felices, a pesar de las calabazas de unos y otros, de la tristeza que nos invadía al volver a casa, medio borrachas y sin haber logrado un beso tan siquiera.

Hoy el pub está cerrado, como tantos otros. Me dijeron que el moreno de brazos musculosos se mató en un accidente de coche (demasiadas drogas, ¿quizá?), que el segurata chistoso de la puerta ahora pesa cuarenta kilos menos y que Pablo, el que me gustaba a mí y se iba con las más guapas, está divorciado y pesa cuarenta kilos más.

Y a ti él te canta: «Cuando pido la llave de un hotel y un buen champán francés, siempre es con otra, amor, nunca contigo». Y a ti te da igual, porque te gustaba desde hacía años, os reencontrasteis y surgió la chispa.

Cuando le dije que tuviera cuidado contigo, que tenías el corazón roto, me contestó: «No te preocupes, soy mecánico y arreglo todo lo que cae en mis manos». Eso te enamoró aún más.

Las dos decíamos que Sabina era un poco cabrón en *Y sin embargo*. Y que nunca seríamos capaces de salir con un tío así, que nos abandona por otras.

Has preferido la fiesta en la cocina, los bailes sin orquesta y los ramos de rosas con espinas.

Cada vez que él vuelve a pedirte perdón, lo aceptas con los brazos abiertos.

Y yo me despierto soñando que estaba a tu lado y que volvíamos a recorrer la ciudad, muertas de la risa, buscando ese hombre perfecto que, aunque te parezca haberlo encontrado, no es él.

Agradecimientos

Quiero agradecer, en primer lugar, a Ana Marben por empujarme a escribir, a ser mejor, a superarme. Sin su amistad y su paciencia, estos relatos no existirían. Además, me ha escrito un magnífico prólogo. Acordaos de su nombre: es el futuro de la ciencia ficción.

A Ginés J. Vera, por habernos unido y habernos dado ideas para algunos relatos.

A mi madre María Isabel y a mi hermana Alejandra, por animarme a escribir y ser las mejores madre y hermana que podría haber tenido.

A mi hija Sofía, porque se porta fenomenal para tener casi tres años y me ha descubierto comandos en el ordenador que no sabía que existían.

A las amigas y amigos que confían en mí, no solo como escritora, sino también como persona.

A las libreras y libreros que, pese a todo, siguen al pie del cañón, esforzándose por hacer llegar la cultura a nuestras casas.

A aquellas personas que se han cruzado en mi vida y me han inspirado estos y otros relatos.

A Carlos del Amor y a Víctor Clavijo, que me han hecho sobrellevar el confinamiento, uno con sus crónicas en el telediario y otro con sus declamaciones en Twitter, aunque no leerán este libro.

Gracias desde lo más profundo de mi corazón.

Amelia Jiménez Graña
Castellón, julio de 2020